エブリスタ 編

竹書房文庫

※本書は、小説投稿サイト〈エブリスタ〉が主催する「リアル都市伝説コンテスト」の入賞作及び優秀だった作品を編集し、一冊に纏めたものです。

カバーイラスト／ねこ助

目次

山道の看板	夢野津宮	4
117	三石メガネ	5
紙幣	ガラクタイチ	11
肉男	松本エムザ	17
筐──コンビニエンスストア	諸見里杉子	21
ゆめこちゃん	真山おーすけ	36
降りたらどうしよう	あい	42
八柱の家	阿賀野たかし	46
絶叫する女	雪鳴月彦	65
絶対 見るな	緒方あきら	69
クジラの夢	三石メガネ	89
ねがいごと叶えてあげる	黒谷丹鵺	97
寝言に返事をしてはいけません	砂神 桐	121
廃墟のおまじない	三塚 章	125
電話番号 564 の box	りんご	132
運命を信じたなら	松本エムザ	154
守られなかった校則	松本エムザ	159
呪いの自販機	田丸哲二	164
その面	純鈍	183
マッハ婆	快紗瑠	193
乗ってもいいですか	砂神 桐	199
リヤカー婆	快紗瑠	208
学校の七不思議	佳純	219
影オジサン	砂神 桐	231
髪形代	霧野つくば	236
都市伝説　仕掛け呪い……	低迷アクション	263
ノリエ	さたなきあ	277
カン・ケン・カン	三塚 章	303
怪電話	閼伽井尻	310

山道の看板

夢野津宮

これは知人から聞いた話。


静岡県の山道に、やたらと事故の多い魔のカーブがある。

そこで単独事故を起こす車は、決まって何かを回避するようにハンドルを切って崖下に落ちてしまう。

何を避けようとしたのかは、避けた当人達が、その事故で故人となってしまうので判らない。

しかしある日、誰かが、

『××ちゃん！　もう、やめて！』

と書かれた看板を立てた。

それから事故は、ピタリと無くなった。


しかし看板が立って数年、最近その看板が撤去されたと云う。

１１７

三石メガネ

１１７を知っているだろうか。

１１７に電話をかけると、今が何時かを知らせる時報が聞ける。

ＮＴＴが提供しているサービスで、スマートフォンが普及した今では、ぐっと利用する機会は減ってしまった。

友人にＮＴＴ勤務のＡという女性がいるのだが、これは先月彼女と会って、何気なく雑談したときの話だ。

「そういえば、時報さんの話知ってる？」

Ａがファミレスでポテトをつまみながら切り出した。

私も適当に相槌を打つ。

「何それ？　ジホウって、１１７の？」

「そうそう、その時報」

「まだあるの？　今時」

時間なんて、時報に電話をするためのスマホさえ見ればわかることだ。

とっくにサービス終了していてもおかしくないと、そのときの私は思った。

「そりゃ数は減ったけど、今でも年間七～八百万くらいのコールはあるんだよ？　天気予報の１７７よりも数は多いんだから」

「えー、ほんとに？」

信じられなかった。

どちらにも掛ける機会はなくなったが、どちらか選べと言われたら天気予報だ。

なぜわざわざ電話をしてまで時報なんか聞く必要があるんだろう。

「気になるでしょ。その理由、こないだ同僚に聞いたんだ」

「なになに？」

「まず前提として、１１７に電話すると、掛けっぱなしにしても大体六～十二分で通話が切れるようになってるのね」

「ああ、無限に繋がっちゃうとイタズラとかに使われそうだもんね」

「それでね、あの時報のアナウンスって十秒置きなのよ。だから、十二分後に切れたとしたら単純計算で七十二回、あのアナウンスが聞けるの」

「何時何分何秒をお知らせします、ってやつね」

「そうそう」

子供のころ、興味本位で掛けたことを思い出した。

延々と続く無機質な声が妙に怖かったのを覚えている。

「だけどさ。たまに、繋がりっぱなしのときがあるらしいんだ」

Aが真剣な顔で続けた。

「もしそうなったら、普通だと七十二回しか聞けないアナウンスを一一七回まで聞けるようになるの。で、一一七回目のアナウンスのときにね、女の人がしゃべり終わったあと、次のアナウンスが始まるまでのあいだに話しかけるんだって」

「自動音声相手に？」

「ううん、時報さん。ちゃんと次のアナウンスまでに話しかけられたら、時報さんが答えてくれるの」

いわゆる都市伝説という奴だろうか。

しかし、私は半信半疑だった。

誰かが面白半分で言い出したガセに聞こえる。

「あ、信じてないでしょ？　こないだ会ったジムの友達もやったんだから。ちゃんと出たんだって、時報さん」

「で、なんて？」

「いつ結婚できますか、って聞いたの。あ、その友達今年で三十六なのね。焦ってたみたいで」

「ちゃんと答えてくれたわけ？」

「ピ、ピ、ピ、ポーン、ってあの時報の音のあとにね、今の時間とは全然関係ない時間を言ったんだって。再来年の六月なんだけど。すごくない？」

「バグとかじゃなくて？」

　言いながら、本当にそういうことはあり得るのだろうかと考える。十二分で電話回線が切断されないというのがバグならば、その後の自動音声にバグがあっても不思議ではないのかもしれない。

　ただ、その場合は「次のアナウンスが始まるまでのあいだに話しかけたから」ではなく、単に「そのタイミングで再来年の六月のことを言ってしまうバグのようなもの」がたまたまあったから、ということになるのだろう。

　話しかけようがかけまいが、変な時刻を知らせてしまう音声がそこに混入していたというわけだ。

「信じてないなあ。ま、私も最初はそうだったんだけどさ」

　Aの口ぶりに驚いた。

「最初はって、もしかして？」

「うん、試したよ。美容室の待ち時間ですごく暇だったから、なんか気になって掛けちゃった」

「で、本当に時報さんが出たわけ？」

「ラッキーなのかなんなのか、出たんだけどさ。ちょうど順番で呼ばれちゃって、返事してたら何にも話しかけられなくって」

「で、そのあとは？」

「ちゃんと時間言ってたよ。『ピ、ピ、ピ、ポーン――四月九日、二時四分ちょうどをお知らせします』って」

「何月とかまで言うんだ？」

確か、本当の時報は日付を言わないはずだ。

まさか、わざと誰かが仕込んだものなのだろうか。

「うん、友達のときみたいに西暦までは言わなかったけど。今年ってことかな？」

「今年の四月九日って、来月じゃん」

「なんの日付だろう。もしかしてスピード結婚とか？」

これって電話会社が流した都合のいいデマなんじゃないの、と私は思った。

そうすればみんな117に電話をするはずだ。

実際、Aが『天気予報より時報の方が掛かってくる数が多い』と言っていたし。

その後はAのノロケ話に話題が移った。

それが、一か月前の話だ。

実はこのAの話には続きがある。

というか、続きができてしまった。

Aが死んだのだ。

今月の夜中、自宅で寝ていたら突然急死してしまったらしい。

心臓発作で、夜中に大きな悲鳴をあげてベッドから落ち、床をのたうち回ったあげくに逝ってしまったそうだ。

同居していたAの母が駆けつけて、大暴れの末にこと切れたAの最期を見ていた。

「急に静かになったのが九日の二時四分だった」と、電話口でAの母は言った。

ただの偶然かもしれない。

私が知らないだけで、もともと心臓が悪かったのかも。


だけどあの日以来、私はスマホが気になって仕方ない。

間違えて押してしまわないか、誰かがイタズラで掛けたりしないか。

チラチラ何度もチェックして、どこにも繋がっていないことを確認してはホッとしている。

もし『時報さん』が本物なら。

ちゃんと時間内に質問ができれば、とても良いことに使えたりもするのだろう。

でも……。


この先私は、一生時報を聞くことはないだろうと思っている。

紙幣

ガラクタイチ

　私の知人にMさんという男がいる。これは彼から聞いた話である。

　当時大学生だったMさんは、ゼミの仲間である川田（仮名）を部屋に招き、酒を飲みながら朝までテレビゲームをするのが週末の恒例行事になっていた。

　見知らぬ女子とコンパするよりも、気心の知れた友達と過ごすほうが、よっぽど楽しい充実した時間を過ごせると思っていた。

　その日もコンビニでチューハイとお菓子を買い準備万端……のはずだった。ある一つを除いて。

　買い物をした際に受けとったお釣りの中に、落書きされた千円札が混ざっていたのである。隅の余白部分に０９０から始まる電話番号が書かれていた。それはありふれた男子学生の日常に突如投げ込まれた異物だった。

　Mさんが眉間にしわを寄せながらその紙幣を広げると、川田は面白がり「電話してみようぜ？」と笑顔で勧めてくるのだった。

「絶対ヤバイだろ。紙幣をメモ代わりに使うやつなんてろくな人生歩んでいないからな」と、Mさんは拒否した。

「闇金の番号かな？」

「そのたぐいだろうな」


一度抱いてしまった興味は簡単に消せるものではなく、非通知設定にして、かつ川田が自分の携帯を使って電話するということで折り合いをつけることになった。


川田は「ドキドキするね」と言いながら携帯に番号を打ち込むと、耳にくっつけた。

会話が始まる様子はなく、ただじっと一点を見つめたまま、一方的に何かを聞いているみたいだった。

十数秒後、ようやく電話を切ると「なんかよく分からなかったわ」という無味な感想だけを述べて、一連の出来事を強制的に終わらせようとした。その顔にさっきまでの明るさは消え失せていた。

「誰に掛かったんだ？」Mさんは強引に話を引き戻した。

「いやマジで、よく分からない。もういいよ、こういうことはすべきじゃないね。さあ、ゲームしようぜ」川田はチューハイのフタを開けると一気に飲み干し、次々と空にしながらゲームに興じるのだった。

Mさんは釈然としないまま、結局いつも通り朝までゲームをした。

翌日の昼過ぎにMさんは大学に行ったが、川田は姿を現さなかった。

「昨日飲みすぎたせいでまだ眠っているのだろう」と思い、電話を掛けてみたが応答はなかった。向こうから掛けなおしてくることもなく、その日は終わるのだった。

さらに翌日。いまだ連絡がつかない川田を心配し、Mさんは部活で知り合った体育会系の大友（仮名）に相談した。

紙幣に書かれた番号に電話したせいで、何かの事件に巻き込まれたのではないだろうかと打ち明けるも、「考えすぎだ」と嘲笑されるだけだった。

Mさんはどうしても不安を払拭することができず、大学の構内にある喫茶店で例の千円札を使い、飲みたくもない薄いコーヒーを二つ購入し、気を紛らわせるのが精一杯だったという。

財布の中に入っているというだけで気持ち悪かったのだ。

川田が事故に遭って入院している事を知ったのは、数日経ってからだった。

Mさんたちは大学から二駅離れた病院に見舞いに向かった。手ぶらでは悪いと思い、病院内にある小さな売店で差し入れを購入。

「嘘だろ……」Mさんは売店のレジで受け取った釣り銭を手にしたまま、その場で立ち尽くしてしまった。

「どうした？」

Mさんは電話番号が書かれた千円札を震える指先に挟みながら、大友の目の前でヒラヒラと見せた。

「こんなことってあるか？」Mさんの顔面は蒼白だった。

「偶然だよ、偶然。俺たちは普段さ、金に目印なんて付けないから気づかないだけであって、もしかしたら同じお金を何度も手にしているのかもしれないだろ」

「世の中にどれだけ多くの金が出回っていると思ってんだよ。こんな事、簡単に起こる事じゃないだろ」Mさんはムキになって反論した。

「じゃあ俺が交換してやるよ。俺が使わない限り二度とお前の手には渡らないだろ？」大友は強引に千円札を交換した。

　病室に入ると、川田はベッドで横になったまま、包帯の巻かれた手を振って、二人を近くに引き寄せた。ギプスで固定された両足は吊るされていた。

「あの千円札はどうなった？」川田は挨拶よりも先に質問をしていた。

「……あれは、こいつが持ってる」Mさんは大友を指さした。

「その番号には絶対に掛けるなよ。俺みたいになるぞ。一種の催眠だと思う」川田は忠告した。

「馬鹿馬鹿しい。酔ってただけだろ。朝まで酒を飲んでゲームしてたら、誰だって催眠状態になるわ」大友は笑うばかりでまともに取り合ってはくれない。

「実は……」Mさんは正直に打ち明けた。千円札を大学の喫茶店で使ったのに、病院の売店でまた手にしてしまったことを。

「なんだよ、それ……」川田は顔に巻かれた包帯の隙間から怯えた目を覗かせた。

「お前らアホか？」大友は話に割って入った。「電話で催眠なんてありえないし、千円札が戻ってきたとか言ってるけど、同じ紙幣と断言できるのか？　誰かのイタズラで、同じような紙幣が大量に出回っているのかもしれないだろ」

　大友はポケットから携帯を取り出すと、周囲の反対を押し切り、紙幣に書かれた番号に電話をするのだった。

その後の反応は、数日前の川田と酷似していた。急に寡黙になり、質問にはほとんど何も答えない。上の空である。

「おい、M。帰りに気をつけろよ。大友から目を離すな」川田は言った。

「……分かった」

Mさんは大友と同じ電車に乗ると、同じ駅で降り、彼の住むマンションまで送り届けるのだった。その間、二人に会話はほとんどなかった。

大友がマンションの上階から飛び降りて死んだと聞かされたのは、翌日だった。

Mさんの受けたショックは大きく、十年以上経った今も、買い物をする時は常にクレジットカードである。財布の中はいつも空っぽの状態だ。

「あの時の千円札がいつかまた自分のところに戻ってきそうで、怖いんです」とMさんは打ち明けた。

肉男

松本エムザ

「あそこの店が使ってる肉って、実は……」


この手の根も葉もない噂は、定期的に話題になったりするものだが。

これはホラー映画好きのS君が、一時期『カニバリズム（食人）』物にハマり、あらゆる作品を観まくっていた時の話である。

S君は映画だけにとどまらず、『カニバリズム』に関する小説、美術、評論なども調べあげ、その感想を毎日のようにSNSにアップし、自分以外にも同様の情報を発信しているのを見掛けたら、すぐさまシェア&拡散を欠かさなかった。

ある日S君のSNSのアカウントに『肉男（にくおとこ）』と言うハンドルネームの人物からDMが届いた（ちなみにS君のハンドルネームは『食人太郎』。悪趣味すぎる）。

彼もS君同様に『カニバリズム』作品への造詣が深く、互いに情報交換をしながら、ネット上だけではあったが交流を深めていった。

しかし、次第に『肉男』から送られてくるメールの内容が怪しくなっていく事に、S君は警戒心を抱きはじめた。

「とっておきの話がある」

「パスポートはあるか」

「秘密は守れるか」

ついには「実際会って詳しい話をしたい」と送ってきた際には、S君は危険を感じて『肉男』をブロックして交流を絶ってしまったと言う。

「それってもしかして『人肉』を食べられるルートかなんかを、教えようとしてくれてたんじゃね?」

『肉男』の話を一人で抱えているのが怖くなり、いわゆる「リア友」のMにその話をしたところ、彼は興味津々で食いついた。

「いや絶対にのこのこ出掛けて行ったら、自分が食べられるパターンだよ。危なすぎるよ」

「俺もそいつ、フォローしてみようかな」

その頃、既にS君は『カニバリズム』への興味がだいぶ薄れていたのだが、Mはどうやらその世界にハマり始めていた直後の様だった。

「絶対会ったりするなよ」

S君の忠告に、Mは「へーきへーき」と驚く程に軽いノリで返してきた。

「アイツ、また外国に行っているらしいぜ」

数ヶ月後、共通の友人からMの近況を聞き、S君はしばらくぶりにMのSNSを覗いた。旅行の趣味など無かったはずなのに、確かに頻繁に海外に出掛けている様子が窺える。しかし、渡航先や旅の目的の詳細などがほとんど書かれていない内容に、S君は胸騒ぎを覚えた。

「なあ、アイツちょっとヤバくないか?」

また別の共通の友人が、S君にMについてこんな相談をしてきた。

友人達との飲み会に、久しぶりに顔を出したM。話題が映画の話になったとき、同席していた一人が
「そう言えばM君は怖い映画に詳しいんだよね」

と言い出した。

「うん、まあね」

と答えたM君は、請われるままにお勧めの映画を幾つか挙げたが、それはどれも『カニバリズム』系の名作だった。

「みんな『怖い』とか『キモい』とか騒いでいる中でさ、一人の子が『でも実際は人肉なんて、硬くて臭くて食べられないんでしょ?』って言ったら、アイツなんて答えたと思う?」

それは、Mの隣りに座っていた彼にしか聞き取れないほどの声で、

「……イイ方法があるんだよね」

と、『あるらしい』でも『あるって聞いた』でもなく、『ある』と答えたのだと言う。それはまるで独り言の様に、自然に口から出たつぶやきだったと。

周囲の喧騒で、その答えに反応する者はいなかったが、更に友人が肝を冷やしたのは『Mの息が臭かった』事だった。

彼は以前、清掃の仕事をしていた。それもいわゆる『特殊』な清掃だ。Mから微かだが漂ってきた臭いが、彼がその仕事で嗅がざるを得なかった生涯忘れることの出来ない臭いと、同じだったと言うのだ。

S君は直接話すのを躊躇い、M君にすぐさまメッセージを送った。

「おまえまさか『肉男』と会ったりしていないよな？」と。

しかしM君からの返信は、「へーきへーき」の、なんとでも取れるわずか六文字だけだった。

「未だに真相は確かめられていません。正直もう深入りしたくないし」

S君は言う。

今現在、S君が交流していた『肉男』は、SNSから姿を消しているらしい。

筐——コンビニエンスストア

諸見里杉子

沖縄本島南部のコンビニは手動の引き戸である。

そんな話が安里良修のところに飛び込んできたのは、卒論に行き詰っていた夏休みの事だった。

このコンビニは共同売店やマチヤグヮー（商店）というものではなく、全国展開している大手だ。当初は規格通り自動ドアだったのだが、あまりにも不可解な事が起こるので手動の引き戸にした……というのだ。

「出た。都市伝説。大方、台風の時に壊れたからとかそんな理由じゃないの？」

良修はこの話をしてきた大城紘にそう言った。

「いやいやいやいや。わからんよ？　だってI市にあるらしいぜ？　そのコンビニ。たまたま怪談サイトで見つけたんだけどさ。ホントかウソか。ちょっと興味ないか？　お前、卒論のテーマ、怪談なんだろ？」

「そうだけど。それ、怪談っていうより都市伝説だから。南部＝沖縄戦＝兵隊の幽霊、不思議な出来事みたいなさ」

「まぁまぁ、どっちでもいいからさ、行こうぜ！」

「だ・か・らー俺がテーマにしてるのは人が怪談を語る心理と役割であってだな」

「なぁ、俺が車出すからさ。今夜、行こうぜ？　取材だ、取材！」

大城紘は高校からの友人だ。いかにも体育会系な日に焼けた肌に、意思の強そうな太い眉。サッカー部だった大城は友達も多く、お祭り好き。かたや良修は書道部。趣味は読書という完全インドア系だ。全く接点がないのだが、二年の時に同じクラスになったのがきっかけで意気投合した。正反対の性格だからちょうどよかったのかもしれない。大学に進んでも、学部は違うのに毎日なにかとつるんでいた。

なんのことはない。大城は卒論に飽きて気分転換したいのだ。大城に押し切られる形で、ドライブがてら確かめに行くことになった。

噂のコンビニがある場所は、沖縄本島南部I市。I市は那覇市から十二キロの所にある人口はおよそ六一〇〇〇の街だ。かつては高い技術を誇った漁師町として知られていたが、現在は半農半漁。第二次世界大戦末期の沖縄戦終焉の地でもある。修学旅行の平和学習で訪れたという人も多いだろう。あちこちに点在する慰霊碑が、戦争の悲惨さを今に伝えている。そのせいもあってか不思議な話は尽きない。人によっては「そこ」には行けないらしい。良修に霊感なるものがあったら、いろいろ見たり聞いたりするのかもしれないが、残念ながら一度もない。だからこそ興味があるわけだが……。

「……おい、マジで引き戸になってるよ……」

大城は期待に満ちた声で囁いた。件のコンビニについたのは、深夜二時を少し過ぎた頃だった。周囲はさとうきび畑。真っ暗な中、コンビニの明かりを見つけた時は正直ホッとした。ガラス張りの引き戸には、バリアフリートイレのドアのような大きな取っ手がついていて「手動です」の張り紙があった。それだけで良修たちのテンションは一気に上がった。

大きな道の側なので、昼間は利用者も多いのだろうが、この時間は誰もいない。普通、深夜であろうと利用者の一人や二人……田舎であればヤンキーが車を止めてだべっていそうなものだが、誰もいなかった。冷やかし半分といったところだったので、誰もいない方がいいような気がした。

「じゃ、いっちょ行きますか！」

大城はスマホで動画を撮り始めた。買い物ゲームを装って動画を撮る計画だ。良修が買い物をする役である。

「これから指示通り、買い物をします」

コンビニの引き戸を開けて、ドアの前でカメラに向かってそういった。ピンポーンというチャイムとともに、店の奥から「いらっしゃいませー」と声が聞こえてきた。良修たちはざっと店内を回ってから、メモを片手に買い物を始めた。良修はレポーターよろしく商品をカゴに入れる度にいちいちカメラに向かって見せる。大城も最初は調子よく実況しながら撮影していたが、ふと黙り込んだ。

「どうした?」

「あ……いや……なんか疲れてんのかな?」

大城が目をこすった。二時を回り、眠くなる時間帯だ。さっさと終わらせて帰ろうと良修は思った。店内を一周しながら買い物メモにある商品をカゴに入れてゆく。今の所、特に変わったこともない。

(ま、ネットに転がってる都市伝説なんてこんなもんだろ)

内心苦笑いした。と……良修はトイレに行きたくなった。

「あ、悪い。トイレ」

良修は大城にカゴを預け、雑誌コーナー奥のトイレへ向かう。トイレのドアを閉めた途端、トントン……とノックされた。

(大城よ……悪ふざけしてからに)

ワクワクと楽しそうにいたずらする大城が目に浮かぶ。返事をせずに用を足していると、また、トントンとノックされた。しかし、今度はしつこい。

トントントントントントントントントントントントントントン……。

かなり早いテンポでノックが続く。悪ふざけにしてはタチが悪い。いや、本当に切迫した人が待っているのかもしれない。良修はあたふたと手を洗った。

「ギャ――!」

トイレのドアに手をかけた時に、外から叫び声が聞こえた。ガシャン、ガタガタ……バタバタ……と遠ざかる足音、ピンポーンというチャイムが聞こえた。

慌てて外に出ると、店内には中身をぶちまけた買い物カゴと大城のスマホ、商品棚にぶつかったのだろう……床におつまみやパンなどが落ちている。

「どうしましたか?」

店員があくびをかみ殺しながら声をかけてきた。

「……あ……いや、ちょっとつまづいて……すみません」

店員は少し眉をひそめたが、黙って落ちている品物を棚へ戻すとレジへと入った。良修は小さな声で再びすみませんと謝り、会計をすべくカゴを持ってレジへゆく。レジに向かう途中、雑誌コーナーの窓から外を見ると、大城が運転席でハンドルを握っているのが見えた。

（なんだよ、アイツ。いいだしっぺのくせに……）

トイレでの悪ふざけ、計画放棄。心霊現象の演出にしてもタチが悪い。一人店内に残され、店員に謝るハメになったことに少なからずムッとしていた。

ピ……ピ……店員は淡々とレジを通していく。良修は思い切って店員に話しかけた。

「ここ、少し変わってますね。ドア、手動の引き戸とか」

「あー……そうですね」

「台風で壊れたとか。周り何もないですもんね」

「まぁ、そうですね」

店員は素っ気なく返す。良修はめげずに食い下がった。

「深夜勤って色々大変ですよね」

店員はピタッと手を止め、わずかな沈黙の後、口を開いた。

「……お客さん、噂知ってるんですね」

店員の断定的な口調に怯んだが、ここで否定するのも不自然だ。素直に認めた。良修は卒論のために調査中であることを告げた。意外なことに店員は淡々と話し始めた。

「まぁ、自分の頭がおかしくなければ、噂は本当です。いろいろ起こりますよ。誰もいないはずなのに咳払いが聞こえたり。誰かが側を通ったりなんてザラっすね」

間も無く深夜三時になろうとするところ。ポツリポツリとでも客がいればいいのだろうが、客もいないとなれば暇で仕方がないのだろう。

「入口のドアの件は自分がバイトに入る前からなんで聞いた話ですけど、昼だろうが夜だろうが、誰もいないのに開くってんで付け替えたみたいっすね」

「誰もいないのにですか」

「アルバイトもいつかないんで、また聞きのまた聞きってのもありますけど。ドアが開いてチャイムが鳴ったんで、いらっしゃいませーっていいながら見ると誰もいないとか」

「子供のいたずらとかでは……」

「深夜っすよ。駐車場には車もない。もちろん店内に客は一人もいない。ここ、住宅地からも離れてるでしょ。だから犬とか猫とかもそんなにいない。ま、深夜に限ったことじゃなかったみたいですけどね」

店員はテキパキと品物を袋に詰めて差し出した。良修は口の中でどうもといって受け取る。店員は続ける。

「監視カメラに店内をウロウロする人が写ってるんで出てみたら誰もいないとか。そういうのはいいんですけど」

「いいんですか？」

「気味は悪いけど実害はないですから。でも困るのは搬入されたばっかりの弁当が全部腐ってた時ですかね。損害だけですよ」

「腐って……」

「保冷車着いて、納品チェックして、品物並べてすぐの弁当がね、全部」

ちゃんと管理してなかっただのと上司に叱られるわ散々だったようだ。不思議なことも日常的に起こると、驚くとか怖いという感情よりも損得勘定が先になるらしい。

「と言ってもそれが本当に霊のせいかどうかとかわかんないですけど」

「こんなこと俺に話してもいいんですか？」

「まぁ、どうっすかね。でも既にいろんな話が出てるでしょ？　それにお兄さんはちゃんと理由を話してくれたし。卒論、なんでしょ？　ま、怖いもの見たさで来る冷やかしのお客さんも何かしらお金落としてくれればそれはそれでありがたいんですよ。損害だけよりは」

良修は店員に礼を述べると、車に戻った。大城はエンジンをかけて待っていた。真っ青な顔で、良修が戻ると同時に物も言わず車を発進させた。

「お前、一体どうしたんだよ」

良修が話しかけるも大城は一切しゃべらない。さとうきび畑の中をかなりのスピードで飛ばしてゆく。街灯もほとんどなく、車のヘッドライトだけが頼りだ。月は出ていたが、三日月のあかりは弱々しいものだった。

「お、おい。ちょっと飛ばしすぎだぞ」

良修が大城を見る。大城は水をかぶったようにびっしょりと汗に濡れている。確かに今は八月。熱帯夜が続いている。しかし、車の中はエアコンが効いていて寒いくらいだ。

「おい」

「やばい……やばい……やばい……」

大城はブツブツつぶやきながらどんどんアクセルを踏んでゆく。

「大城、あ……危ない！」

さとうきび畑の中の小さな交差点。進行方向の信号は赤に変わった。と……左側からライトが見えた。大城がブレーキを踏む。同時に良修がサイドブレーキを引いた。

静かな道路にブレーキの大きな音が響いた。良修たちを乗せた車は交差点に頭を少し突っ込んだ状態でかろうじて止まった。交差点左からの車は良修たちの車を避けようと、大きく左に切って、止まった。ハザードが点滅し、男性が降りてこちらに向かって来る。

良修は心臓が口から飛び出るのではないかと思うほど激しく拍動している。こめかみまでピクピクと動いているのがわかった。目は開いているのだが、周囲がよく見えない。近づいて来る男性の動きがとてもゆっくりに見えた。そろりと腕を動かして怪我がないことを確かめる。右を見ると、大城がハンドルに突っ伏していた。

「大丈夫か⁉」

男性が外から運転席のドアを開け、聞いてきた。大城はハンドルに突っ伏したまま、肩で息をしていた。

「何やってんだ！　怪我は？　飲酒運転とかじゃないよね？」

「の、飲んでません！」

良修は慌てて答えた。男性は「深夜の田舎道とはいえあんな運転しないほうがいいよ」とだけ言い、交差点を後にした。

「……お前、どうしたんだよ。俺たちが都市伝説作るとこだっただろ」

説明のつかない何かを振り払うように精一杯おどけた口調で話そうとしたが、声が上ずった。物もいえない状態になっている大城とどうにか運転を代わって、大城を送り届け、自宅へと戻ってきたのは明け方になっていた。渋滞もない時間帯。本来なら一時間程度で戻れるはずが明け方になってしまったのは、大城がスーパーに寄りたいと言ったためだ。

スーパーの駐車場に車を止めた途端、大城はトイレに駆け込んだ。良修は車から降りて自販機で飲み物を買った。横のベンチに腰掛け、一気にペットボトルをあおった。喉がカラカラだった。水を飲み干し、少し人心地ついたところで、疲れと眠気がやってきた。

（まず寝たい……起きたらあのコンビニの噂を検索して……）

眠い目をこすりながらぼんやりと考える。

ベンチに腰掛けて十分過ぎ、十五分過ぎ……二十分が過ぎた。大城はなかなか戻ってこない。眠気もピークに差し掛かり、さすがにこれ以上は運転がやばい。

(あいつ、倒れてるんじゃないよな……)

トイレに行くと、大城は一心不乱に手を洗っていた。というより、蛇口から勢いよく流れる水に手を晒しているのだ。流れる水をじっと見つめる大城の鬼気迫る表情に、声が引っ込んだ。トイレに駆け込んで二十分、ずっとこうしていたのか? 良修は言いようのない何かを感じ、ぶるっと震えた。

間も無く大城は気がすんだのか……手を洗うのをやめた。すまん、とポツリといったきり、家に帰るまで一言も口をきかなかった。


あの日のことを大城に確認できたのは、夏休みも終わり、沖縄に短い秋がやって来た十一月頃のことだった。ゼミ終わりに学食のテラスでコーヒーを飲んでいた大城を捕まえ、良修は話を切り出した。

大城は「避けててごめん」と小さく謝ってから、あの後しばらく発熱が続き寝込んでいたといった。「お前がトイレに行く前からちょっとおかしかったんだよ」とポツリポツリ話し始めた。

例のコンビニ店内で、大城はスマホの録画画面を見ていた。調子よくあれこれツッコミながら買い物をしている良修を撮る。良修というか、コンビニの店内を撮る。最初は何事もなかった。しばらくするとスマホの画面……良修の背後にチラッと何かが横切るのが見えた。しゃがんでいた店員が立ち上がったのかと思った。直接見たが誰もいない。気のせいかと思って、またスマホの画面を見る。するとまた良修の背後を、さっ……と何かが横切った。

(何かいるかもしれないと思ってるから。プラシーボだったけか?)

大城は内心苦笑いした。その後も調子よく良修をいじりながら撮影を続ける。

良修がトイレへ行った。大城はその間に会計をすませようと思った。

(店員、奥で作業してたよな)

雑誌コーナーから飲み物の冷蔵庫前を通り……棚と棚の間には誰もいない。さらに奥のパンコーナーへと曲がる。

そこに店員はいなかった。そこにいたモノは……店員と思っていたものは腰の曲がった、皺だらけの老人だった。いや、老人のようなモノだった。大城の膝あたりまでの背丈しかなく……地獄絵などで見る餓鬼のようだった。じーっとパンを見ていたソレが大城に気づいた。首を曲げて、黄色く濁った目で……卑下た笑いを浮かべながら大城を見た。

ひゅ……息を飲む音が大きく響いた。

ソレがピョンっと大城へ近づいた。

次の瞬間、買い物カゴを放り出し、コンビニから逃げ出した。

「なんだ、それ」

大城の話はにわかに信じ難かった。深夜とはいえ、コンビニの明るい店内。整然と並べられた商品。そこに説明のつかないものが割り込む余地はないように思えた。

「わかんねーよ。でも、確かに見たんだよ」

「いやいや。ふざけてちょっかいかけてきたくせに簡単に信じられるか。俺がトイレに入ってる時にノックしただろ」

良修は大城が悪ふざけしたことに一切触れてこないので、少しムッとしていた。ずっと避けてて、ここもスルーかよ……。


「トイレ？　俺、何もしてないし。お前……気づいてないのか？」

「ハァ？　何を？」

悪ふざけをした上に、あの危険運転。おまけに今日まで何の説明もない大城に対してさすがに苛立ちを隠せない。

「俺たちがコンビニに入った時、店員はいなかったんだよ」

大城が真っ青な顔をしていった。

「はあ？　いらっしゃいませって声かけられたじゃないか。実際、動画にも声、入ってる」

怖くて再生も削除もできなかったというあの日の動画を見ながらいう。動画にはこれといっておかしなものは写っていなかった。

「ああ。俺も聞いたさ。でもな、車から見てたんだよ。ずっと。お前がトイレから出てきた時に店員も奥から眠そうに出たきた。俺たちは店員がいると思っていただけなんだよ」

あくびをかみ殺しながら品物を片付けていた店員が蘇る。待てよ。店を回っていた時はどうだった？　コンビニでの行動をトレースする。コンビニの玄関。レジ。雑誌コーナー。飲み物コーナー。お菓子、パンコーナ……店員を見た記憶が、ない。

「あの日、ゲームを装っていろいろ買っただろ。パンとかおにぎりも買ったよな」

大城の声が震えている。

「……あれな、全部腐ってた。おにぎりだけじゃない、パンも。全部」

店員の言葉が蘇った。


「搬入されたばっかりの弁当が全部腐ってた時ですかね」


大城は気持ち悪くなってあの時の品物は全部捨てたと続けた。

良修は、あのコンビニについてのネット上の情報を思い出していた。「出入り口が引き戸である」「霊が出入りするから変えたらしい」「行ってみたら本当に引き戸だった」という程度のもので、誰かが明確に見たとか体験したというものは出てこない。結局、何か刺激が欲しい暇人達が都市伝説の周りに集まって、妄想や期待を積み重ね、さらなる噂を作っているだけだ。都市伝説なんて大抵そんなものだ。そこに曰くなんてあろうはずもない。

あの日、コンビニの店員から聞いた話も大体は説明がつくじゃないか。自動ドアの誤作動なんてよくあることだし、名前を呼ばれたような気がするなんていうのも誰だって経験があるはずだ。「何かある」と思っているから余計に意識してしまい、なんでも怪現象に思えてしまうだけだ。でも……。

「あそこ、自動ドアのままが良かったんじゃないかって、思う」

大城がぽつりといった。

「もう、ずっと溜まっていくしかないだろ……」

あのコンビニエンスストアという箱の中に澱のようなものが堆積してゆくイメージが脳裏に浮かんだ。言葉にしたらその澱が形になって追いかけてくるようで……でも、自分の中の何かを保つために言葉にしたい衝動が腹の下から湧き上がってきた。

ゆめこちゃん

真山おーすけ

とあるIDをLINEで招待すると、ナナシの友達が追加される。

名前の部分は空白で、アイコンは真っ黒だという。

挨拶をしたり話題を振っても答える事はないが、ある言葉を打ち込むと反応するという。

「ゆめこちゃん。あなたのお家はここよ。早く帰ってらっしゃい」

メッセージと共に、自分の現在位置を伝える。

しばらく待っていると、既読マークとともに羅列した英数字のアドレスが送られてくる。

アドレスをクリックすると、それはどこかの山の中の地図。

ちょうど印は湖の中を差している。

地図の文字はバグっているようで、場所の特定は出来そうもない。

面白半分でそれを実行した男が、噂通りの反応が来て喜んだ。

男はゆめこちゃんの年齢や趣味、両親の事を聞き出そうとしたが、それに対しての返事は全くなかった。

しばらくして、また羅列した英数字のアドレスが送られて来た。

それは、湖近くにある山小屋だった。

せっかちだった男は次が待ちきれず、ゆめこちゃんに急かすメッセージを送った。

「ほら、早く帰っておいで。おやつが待ってるよ」

その言葉に反応するように、また羅列した英数字のアドレスが送られてきた。

それは、何処かの田舎道。

今度はすぐに、またアドレスが送られて来た。

それは、大通りに面したコンビニの駐車場。

何処かの倉庫。

何処かのアパート。

何処かの学校前。

次々とアドレスが送られてくる。

空欄だった名前に、いつの間にか〝ゆめこ〟というバグったような崩れた文字が浮かび上がっていた。

アイコンは真っ暗のままだ。

ＬＩＮＥの受信音が鳴り、次に送られてきた地図は男が勤めている会社だった。

その次に送られてきた地図は、男がいつも利用している駅前。

そのまた次の地図は、男がよく立ち寄るコンビニだった。

男が送った現在地、つまり自分の家にゆめこちゃんがだんだん近づいて来る。

それも噂通りだった。だが、結末がどうなるかは不明であった。
男は、ほんの少しだけ不安の種が芽生えていた。
そして、ついに送られてきた地図は、男が住んでいるアパートの前だった。
それを見た瞬間、ピンポンとインターホンが鳴った。
男は、ゆっくりと立ち上がる。
また、ピンポンとインターホンが鳴る。
男は、ドアに近づきドア穴から外を覗く。
ドアの外にいたのは、おかっぱ頭の小学生ぐらいの女の子だった。
全身びしょ濡れで、首には鉈のようなものが刺さっていた。
体の至る所が苔むし、一部は骨が見えるほど溶けていた。
見るからに、この世の者ではなかった。
気味が悪くなった男は、ドアから離れ部屋に後ずさりした。
そこに、ＬＩＮＥの通知音と共にメッセージが届く。
「ママ　カエッテキタヨ　サムイヨ　アケテ」
インターホンがまた一回鳴り、男は既読のまま無視をした。
「ドウシテ　アケテクレナイノ？」
またインターホンが鳴った。

「アケテアケテアケテアケテアケテアケテアケテアケテアケテアケテアケテアケテアケテアケテアケテアケテアケテ」


アケテという文字が、画面いっぱいに埋め尽くされた。

同時に、インターホンの音も繰り返し鳴り続けている。

男は怖くなり、スマホを投げ捨て部屋の隅でドアを凝視していた。

すると、鍵のかかったドアをガチャガチャと開けようとしている。

「やめろ!!　ここはお前の家じゃない!!」

そう言うと、ドアノブを回す音が消えた。

諦めたのだと思い、男はゆっくりとドアに近づき、慎重にドア穴を覗いた。

すると、そこには誰もおらず、恐る恐るドアを開けて見てもゆめこちゃんの姿はなかった。

男はホッと肩をなで下ろした。

だがドアを閉めた後、男の背後でポタポタと水が滴る音が聞こえた。

ピコン

ＬＩＮＥにメッセージが現われる。

「タダイマ」


振り返ると、ドアの前にいたびしょ濡れのゆめこちゃんが立っていた。

その目に眼球はなく、顔の半分以上がふやけて骨が見えるほど溶けていた。

ゆめこちゃんは男を見上げると不思議そうな顔で言った。

「ママジャナイ。アナタダレ？」

男は生唾を飲み込んだ。

「アナタハダアレ？　ママノオトモダチ？」

「……違う」

「アナタハダアレ？　パパノオトモダチ？」

「……いや」

「ワカッタ。キット、アタシヲコロシタヒト」

「えっ、違う！　俺はそんな事して……な……」

否定する間もなく、男の首には鉈が深く刺さっていた。

男の首からは、ドクドクと温かい血が流れ出る。

ゆめこちゃんは男の首に刺さった鉈を引き抜き、今度は体に何度も何度も振り下ろした。

「……俺じゃない……」

そう呟きながら、目の前が暗くなる男の耳に微かに聞こえて来たのは、おやつという言葉だった。

ゆめこちゃんを呼び出した人間は、みなそこで気を失う。

そして、目が覚めた時にはまるで幻だったかのように傷は消えているが、代わりに重度な精神障害を患い失踪してしまうという。

部屋に残されたスマホのＬＩＮＥ画面には、呼び出した側のログだけが独り言のように残される。

だが、今回ゆめこちゃんを呼び出したこの男は少し違う末路が待っていた。

男が目を覚ました時、猛烈な腹部の痛みに襲われた。

尋常ではない痛みに悶えながら病院に行くと、男の内臓は一部むしり取られ、他は苔に覆われ腐っていた。

男の脳裏に、ゆめこちゃんが呟いた「おやつ……」と言う言葉が蘇る。

男はあまりの痛みとショックに、病院から飛び降りた。

この噂が広がる街では、自殺や行方不明者が増えるという。

降りたらどうしよう

あい

バイトも終わり辺りが暗くなった頃、俺はバスに乗った。

五分くらいしたところで俺の座っている横に人が立った。

背中の曲がった小さな爺さんだ。

軽くあたりを見回すと席はちょうど埋まっているようだった。

「くそ、何でよりによって俺んとこで立ってんだよ」軽く舌打ちしたところで俺の座っている場所が優先席だったことに気付いた。

「爺さんだからって譲ってもらえると思うなよ」心のなかでそう呟いたところで気まずさもあって寝たフリをすることにした。


しばらくして目的地に着き降りようと目を開けると爺さんはまだ俺の横に立っていた。

肘で爺さんを避けるように椅子から立ち上がりバスを降りた。


バスから降りて十分くらい歩けば家に着く。

途中街灯はあるものの人通りの少ない道を通るがいつもは何も気にしない。

しかし今日は何か違った。

ざわっとした胸騒ぎがして後ろを振り返った。

すると人がいた。街灯が照らしたのはさっきの爺さんだった。ふいに見覚えのある顔に出くわしたことで一瞬飛び上がりそうになったが、何食わぬ顔してそのまま向き直り歩きだそうとすると、

「どこか体の具合が悪いのですか？」

と声を掛けられた。

誰に言っているのかわからなかったが周りには俺しかいない。

戸惑っているともう一度
「どこか体の具合が悪いのですか？」

と聞こえた。

足を止め振り返り、

「は？　俺に言ってんの？」と聞いた。

……つもりだった。

振り返った瞬間俺は地面に倒れていた。

頭を何かどっしり硬いもので殴られたのだ。

必死で起き上がろうとするがなかなか起き上がることができない。

倒れている俺を爺さんが覗きこんできた。

「いえ、さっき優先席に座っていらっしゃったから……どこか体の具合が悪いのですか？」

宝くじでも当たったような満面の笑みだった。

「どこも悪くねぇよ！　ふざけんなよ！　こんなことしやがってぶっ殺してやるからな！」

そう捲し立てたつもりだったが思うように声が出せなかった。

ゴッという鈍い音と同時に脛に凄まじい電流が走った。

「ぐがぁぁぁ!!」勝手に声が出た。


爺さんを見上げるともう一撃食らわせようと金槌を振りかざすところだった。

目を覚ますとそこは病院だった。
聞き込みに来た警察からの話で
両足とも膝下がペッタンコになるまで叩き潰されていたそうだ。
もう俺は二度と自分の足で歩くことは出来ないのだ。
犯人はまだ捕まっていないらしい。

「優先席はお年寄りや体の不自由な人に譲らなきゃいけないんだよ!! じゃないと怖いお爺さんが怒って追いかけてくるんだってー」

最近小学生の間ではこんな噂が広まっているらしい。

とある日のバス車内……。

今日もわしの目の前に若造が優先席に座っている。
こいつはどこで降りるかな。

今日はどこを不自由にしてやろう。

八柱の家

阿賀野たかし

一

帰宅の通勤電車に揺られていると、女子高生たちのたわいもない会話が耳にはいった。

「ねえ、バスルームのおかよさんって知ってる？」

黒いスクールリュックを背負った女の子が連れに話かけている。

「はあ？　それって、トイレの花子さんのパクリ？」

スマホを操作していた少女が顔を上げた。

「違うよ。髪の毛ないおっさんが、鏡見ながら毛が欲しいって、お願いすると、長い髪の女の人が鏡から現れて、願いを叶えてくれるんだってさ」

リュックの女子高生が真面目くさった顔で話しはじめた。

「きゃはは。キモいよ、それ！　で、そのあとどうなるの？」

スマホの少女は笑いながら、興味をそそられたのか、スマホの手を休めた。

私も好奇心が湧いて、なんとなく聞き耳を立てた。

「髪が欲しいですか、って尋ねるそうよ。欲しいと答えると望みを叶えましょうと言うんだけど、その代わりに人柱にされちゃうんだって」

「ふーん。断ったら？」

「呪ってやるう！　て、怒鳴って消えるそうよ。でもね、そのとき風呂場の壁に、三本指の跡を残していくんだって。掃除しても消えないそうよ」

「でもあたしたちには関係ないじゃん。髪の毛いっぱいあるしい……」

高校生たちは、自分たちの光沢のある健康的な頭髪を撫ぜながら、けらけらと笑いあった。

しかし、すぐに笑い声は止んだ。

彼女たちと私の視線が偶然にも合ってしまったからだ。

私の頭髪は薄い……。

二

そんな夕方の車内の出来事を思い出しながら、私はゆっくりと湯船につかった。

仕事の緊張がとれて、ゆったりできる時間である。外は天気が荒れていて雨風の音がひどいが、温かい湯の中はまるで別天地だった。

ぱしゃん、ぱしゃんと湯をてのひらにのせて、顔にかける。これがめっぽう気持ちがよい。女子高生たちの怪談も全く忘れてしまった。

まさに至福のひととき。

そのとき、風呂場の天井でどたどたと足音がした。階段を駆け上がっていく音である。続いてコロコロをかける掃除の音がした。女房が掃除をはじめたのだろう。夜になって、今頃掃除でもなかろうとは思ったが、気にもとめなかった。

風呂からあがり、居間でテレビを眺めながら、夕飯の支度をしている女房にたずねた。

「さっき、二階へ上がったろう？　コロコロローラーかけてたみたいだけど、どっか汚したのか？」

「えー？　二階になんか行ってないよ。ここでずっとご飯の支度してたよ」

女房は怪訝な顔をして、調理の手を休めた。

私は風呂場で聞いた階段を昇る足音の話をした。

「外の風と雨じゃないの？　今夜は荒れるらしいから。さもなければ、お隣さんとか」

「そうかなあ。うちじゃないのか……」

料理が運ばれてきて、それでおしまいだった。

食事をしながら、サッカー中継をみているうちに、そんなことはすっかり忘れてしまった。

十日ほどたった夕方。

いつものように湯船に浸かっていると、今度は、浴室の向こう側でがさがさ、かりかりと壁を引っ掻く音がしたのである。

浴室の隣りはトイレになっている。女房がトイレットペーパーをまいているのかと思った。

おりしも、その日は風がとりわけ強く、首都圏の交通機関にも影響が出ていた。

だから、また風のせいだろうと思った。

それとも、ネズミ、鳥か?

我が家は築三十年の中古住宅であるから、家がみしみし鳴っても不思議ではなかった。

そんなことよりも、私には気に病んでいる事があった。

笑うなかれ。　私の頭である。

最近、頭髪が薄くなりだして、みるみるうちに地肌が見えてきた。

お笑い芸人が、髪の毛一本のかつらでお茶の間を笑わせたりしているが、あんな按配になるのも、時間の問題だった。

私は湯船から出て、洗い場の鏡をのぞきこんだ。

髪の毛がぺったりとはりついて、いかにも高齢者の仲間入りの風貌をしている。

シャンプーを手に取り、頭皮をマッサージしながら洗髪した。

シャワーを流し、じゃぶじゃぶ、ごしごし洗う。

また、ごそごそかりかり音がしたが、湯の流れる音でよく聞きとれなかった。

嫌な予感がした。

鏡に知らない人の顔でも映っていたら……。

しばらく洗髪に集中した。

洗い終わって鏡を見たが、背後には何も映っていなかった。

やっぱり風のせいだったんだ。

ほっとして、もう一度今度は自分の頭を見た。

「……!?」

長い髪が私の肩まで伸びていたのだ。

伸びていたのではなく、黒く長い髪がふわりと、私の肩にのっていたのだ。明らかに自分の頭髪ではない。

そっと黒髪に触ってみた。

しっとりと濡れた、女性の髪の毛のようでもあった。

「うわあああ」

私は叫び、肩の髪を慌ててふりはらった。

髪の毛ははらはらと床に落下した。

全裸だったが、かまわずに浴室を飛び出した。

「どうしたの!」

女房がやってきた。

「ちょっとお、パンツくらい穿きなさいよお」

「それどこじゃない！　女の髪だ、ありゃいったい、なんだ？」

私は下着に足を通しながら状況を説明した。

女房は黙って話を聞いていたが、やがて言った。

「あの話は本当だったのね。実はご近所さんからこんなうわさを聞いたことがあるのよ」

女房は神妙な顔つきになって話はじめた。

「このあたりは、今でこそ賑やかな住宅街になっているけれど、昭和十三年までは墓地だったそうよ」

「墓地？」

「昔、ここは八柱村と呼ばれていた。昭和十三年に隣町のM市と合併して今の八柱市になったのだけれど、大きな町を建設するときに沢山の犠牲者が出たらしいの。建物を建てるたびに火災が起きたり、水害があったりして。それで人柱を立てたというわさよ。八柱というのは人柱。人という文字を崩すと八になるでしょ」

「うええ。ホントかよ」

「市役所の裏に古井戸があるの知ってる？」

「いや」

「当時のまま残存してるそうよ。心霊スポットにもなってるらしいけど」

「じゃあ、風呂場の髪の毛は」

私はすっかり怖くなってしまった。

「そうだ、思い出した。『バスルームのおかよさん』の話を聞いたことあるか」

私は、先日の女子高生たちの怪談の内容を話した。

「昔の霊が蘇ったのかも……。あなた、それより服着たら。風邪ひくよ」

女房は表情を曇らせた。

「え？　明治時代に八個の村があって、それが合併して八柱村になり、八柱市になったと、広報に書いてあったぞ」

だいぶ前に読んだ市の広報誌を思い出しながら、私は言った。

「そうね、確かに八個の村があって統合したのも事実よ。でも、人柱が語源だなんて、誰も信じないないし、郷土資料館にだってそんな記録はないと思うよ」

「そりゃそうだ」

論議は続きそうだったが、風呂場でごとんと音がして、私たちは思わず目を合わせた。

「なに、今の音？」

女房の顔がさっと青ざめた。

「見に行こう」

ふたりで浴室に向かった。

私は慌てて浴室を飛び出していたから、ドアは開けっぱなしである。

シャンプーや入浴剤の匂いがたちこめていた。ほんわりと温かな湯気も漂っている。

恐る恐る、中をのぞきこんだ。

何もなかった。あの髪の毛も消えていた。

普段と変わらぬバスルームの光景だった。

「いつも通りね」

女房が安堵したのか、大きく息を吐いた。

私は例の髪の毛が気になっていた。すみずみまで見渡したが、それらしい長い髪の毛は一本も見当たらなかった。

「体が冷えちまった。もう一度入り直すから、理香も一緒に入ろう」

私は彼女を誘った。女房はうなずき、その日は一緒に入浴することになった。

風呂に入っている間、とくべつに変わったことは起きなかった。

いや、本当は気がつかなかっただけだ……。

数日後の日曜日。

異変に気がついたのは女房の理香だった。

場所はやはり浴室である。

「鏡の位置がずれてるんだけど、あなた、動かした？」

理香の呼ぶ声がしたので、私は読みかけの雑誌を閉じて、浴室へ向かった。

バスルームでは、鏡が止め金で固定されているはずだが、それが右側へ二センチほど移動していたのだ。鏡のずれた跡がくっきりと黒く残っている。

「いあ、おれは動かしてない」

「じゃ、誰がやったの？　気味悪いよ。まさか、バスルームのおかよさん……」

「ん……？」

そのとき、私は風呂場の奥から風が吹いてくるのを感じた。

どうも、ずれた鏡の隙間から吹いてくるようだ。

しかし、浴室の隣はトイレのはず。

鏡に顔を近づけると、なんともいえない湿った生臭いにおいが、鼻をついた。

鏡に触り、少し動かしてみた。

ず、ず、ず、ず

一センチ、二センチ、三センチ……。

重くひきずる音が、浴室に響く。

鏡をずらしてみて、私たちは驚いた。

鏡の向こう側は暗い空洞になっていたのだ。

風はそこから吹いていた。

浴室の隣はトイレのはずだったが、そんな空間があるとは思いもしなかった。

暗い洞窟のような空間をのぞくと、少し先に、棺桶が無造作に置かれているのが見えた。

しかも棺のふたは開いており、裏側が見えた。そこに、爪で掻きむしったような跡が、幾筋もついていた。

凍りついたような恐怖が私たちを包んだ。

私は思い出した。かりかり、ごそごその音の正体は、棺桶の閉じ込められた誰かが、逃げ出そうと蓋の裏側を引っ掻いた人間だったのではないかと。

さらに、棺のそばに太くて大きな柱が一本、天井に向かって伸びていた。天井には見たこともない梁がいくつも渡されている。

あまりにも薄気味悪いので、私たちは無言のまま、鏡を元の位置に戻した。

「こんな家には住めないわね。引っ越しましょう！　なんで今まで気がつかなかったのかしら」

「ああ。すぐにでも、引越だ。道理で安い物件だったはずだ」

私たちは浴室のドアを閉めて、急いでリビングに戻った。

そこで、私たちは見てはいけないものを見てしまった。

ソファに、見知らぬ女が座っていたのだ。

髪の長い、古臭い流行遅れの服をまとった、三十前後の女だった。濃い化粧とピンク色のルージュを塗りたくった、なんとも目鼻立ちのはでな容貌をしている。

女が口を開いた。

「旦那さん、髪の毛が欲しいですか」

かろうじて聞きとれる低い、囁くような声だった。

「い、いらないよお！　出て行け！」

私は思わず怒鳴った。

女はふらりと立ち上がって、私をじっと見つめ、間をおいてからぼそりと言った。

「そうですか……」

女は少しのあいだうなだれていたが、突然、がっと頭をあげた。

眼球がどろりと飛び出して、口蓋がぱっくりあいていた。長い髪が千切れて、ぽたぽたと落ちていく。

たちまち、床の上に髪の毛が散乱した。

女の口中の粘膜肉が、ぶよぶよと震えているのがわかった。

「ひーっ！　それだけはやめてええええ！　呪ってやるうう！」

女が絶叫した。

何かに怯えているような、それでいて、憤怒ともとれる叫び声だった。

女はそのまま煙のように消えてしまった。

「何、あれ？　あたしたち、悪い夢でも見てた？」

女房があっけにとられた顔つきになっている。

「夢かどうか確かめよう。風呂場がどうなったか……」

私たちは浴室に戻った。

ぞっとした。

浴室の鏡の横の壁に、三本の指跡がくっきりと残っていたのだ。

鏡の位置がまたずれていたが、元通りにする気にはならなかった。

三

市役所の担当者は困惑の表情になった。

私たちが、幽霊の話を持ち込んだからだ。

「そういった類いの相談を持ち込まれましてもねえ」

「困った事の相談にのりますって、書いてあるじゃないですか」

私は、天井からぶら下がっている案内ボードを見上げ、食い下がった。

「そうですよねえ」

役所の担当者は苦笑いしながら首をひねった。しばし思案顔だったが、ぱんと軽く手を叩いた。

「そうだ、思い出しました。市が運営している高齢者の介護施設に、語り部さんが、いらっしゃるんですよ。その方に相談してみたらいかがですか」

語り部というのは、民話や伝説をデジタル機器に頼らず、口頭で現代に語り継いでいく人ことである。口承伝承ともいう。

「たしか、奥沢夏子さん。会えるかどうか、今、アポイントとってみますね。ちょっとお待ち願えますか」

担当者は十分ほど席をはずした。

「お待たせしました」

戻ってくると、窓口のカウンターテーブルに地図とパンフレットを置いた。パンフレットには、「八柱に伝わる昔話」とある。柿の木とカニの挿絵が印刷された子供向けの冊子だった。

「奥沢さん、お会いになってくれるそうですよ。足が不自由でしてね、車椅子生活ですが、とても元気だそうです。今年で九十五歳です」

私は担当者に礼を言って、地図とパンフレットを受け取った。

四

奥沢さんは介護士といっしょに、エントランスで待っていてくれた。

奥沢さんは超高齢者には見えないほど元気だった。肌のつやも健康的で、眼鏡の奥の眸は理知的で、若い人のように光沢があった。

ロビーに通されると、私たち夫婦は自己紹介と事件の顛末について説明した。

「はいはい、ああ、その話ねえ……知ってますよ。でも、まさか、あなたたちの家におかよちゃんの柱があったなんて……それは初耳」

奥沢さんは何度もうなづきながら、怪談の云われを話しはじめた。

「それはそれは残酷で可哀想な話なのよ……」

江戸時代の終わりも近い、文久二年。

平三郎とおかよのめおと（夫婦）が、八柱町が誕生する以前の村に住んでおったそうな。平三郎は乱暴者で大酒飲み。おかよは身目麗しく才は長け、まさに月とすっぽん。長い髪はことに美しく、まさしく、みどりの黒髪であった。

あるとき、村で大火が起きた。おりしも風の強い日で、またたくまにあまたの家が焼きつくされた。

平三郎の家も燃えて、残ったのは黒く煤けた太い柱と梁だけだった。平三郎も頭に大やけどを負い、頭髪は焼け焦げて、人面とは思えぬほどまでに皮膚が醜く焼けただれてしまった。

しばらくして、村の再興が始まった。

しかし、これが思うようにはかどらない。度々かさなる雨風、洪水、さらに流行り病による死者。

村人たちは、古寺の住職に相談を試みたところ、なんと古文書の記録によれば、かつてその一帯には罪人たちの処刑場があったそうな。

彼らの怨念が憑依して、物事は進まぬのではないかと。

では、どうすればよいのか。

かねてより、その地には人柱なる風習があり、人身御供云々の言い伝えがあるという。

当時は現代と違い、迷信がまかり通る時代である。

そこで、白羽の矢が立ったのが、おかよであった。当然ながら、話はおかよには内緒ですすめられた。夫の平三郎も説得しなければならぬ。だが、平三郎は金子（きんす）に目がくらみ、謀に加担することとなった。

村のための集まりがある、良い知恵をだしてもらいたいたいと、酒席に誘いだし、こっそりと眠り薬を酒に混ぜた。やがて、酔いと薬のせいで、おかよが眠りこむと、外へ運び出し、丸太をくりぬいた棺に入れ、蓋をした。あとはそれを柱にして分厚い土壁に塗り込んでしまえばよい。

骨組みだけになってしまった平三郎の敷地に、棺が運ばれると、その場所で人柱が組まれた。

ところがここで、予想外のことが起きた。

おかよの意識が棺の中で戻ったのである。がりがり、どんどんと蓋を開けようとしている。

さすがに、同席していた村人たちも顔を見合わせた。

だが、平三郎は鬼よりも恐ろしいことを考えついた。

金づちと鑿を用意すると、棺の蓋をこじ開けはじめた。おかよの顔のあたりだけに、鑿を叩いて、穴をあけた。

おかよの真っ青になった顔がでてきた。

「ああ、お前さま。はやく、ここから出してくださいまし！」

平三郎は首を横に振った。

「ならねえ。わしが穴を空けたのは助けるためではない。お前の美しい髪が欲しいからだ。見よ、わしの醜い頭を。おまえのみどりの髪でわしの髷をつくる」

平三郎はおかよの長い髪をむんずと鷲づかみにすると、こんどは大きなはさみで、無造作に切り落としたのだ。

「どうだ、似合うであろう」

かつての夫は、切り取った髪を己の頭部にのせて、からからと笑った。

「わたしは人柱にされたのですね。けれども、髪は女の命。最期くらいは美しく死にたかった……それすらゆるされないとは、何と理不尽な。恨みまするううう……」

おかよは泣き声を響かせながら、土壁の奥に塗りこめられていったそうな。

平三郎はのちに、井戸に転落して死亡したという。その井戸は、なぜか今も市役所の裏に残存している。

それからは、村の復興は順調に進み、昭和十三年になると現在の八柱市が誕生した。

五

語り部の話はそこで終了した。

私たちは、用意してきた菓子折りを奥沢さんに渡して、礼を言って別れた。

別れ際に奥沢さんが忠告してくれた。

「あんたがた住んでた家は、お祓いしてもらったら、別の場所に引っ越したほうがいいですよ」

「そうだ、ひとつけわからないことが……」

「おや、なにかしら」

「僕たちの前に現れたおかよさんは、服装は古臭かったけど、顔立ちは今風でした」

「それは太平洋戦争中のおかよさんかもしれないわね。その話はまた別の機会に。きょうは疲れたわ」

老婆は微笑んだ。

私たちはもういちど頭を下げて、施設を去った。


二ヶ月後。

新居が決まり、今はそこから通勤している。

バスルームの鏡はときおり注意しているが、全く異常はなかった。

お祓いの効果があたのかどうかはわからないが、引越しの準備中は霊は出没しなかったし、鏡もずれた形跡はなかった。

いつものように通勤電車に揺られていると、女子高生たちのたわいもない雑談が耳にとびこんだ。

黒いスクールリュックを背負った少女が連れに話かけている。

「ねえ、バスルームのおかよさんって知ってる?」

「ああ、知ってる。聞いたことあるよ」

スマホの操作をしていた子が顔をあげた。

「髪の毛いりませんかって、風呂場の鏡から出るってやつでしょ。うちのオヤジ、禿げてるから出てくるかも。きゃはは、でも、キモいよ」

「千葉県の八柱にそいつが出る幽霊屋敷があるらしいよ」

「ほんと、マジでえ？」

「ん、でさ。近くに八柱霊園もあるんだって。それって、ヤバくない？」

彼女たちの会話は盛り上がり、もう少し聞いてみたい気もしたが、下車駅が近づいたので、私はドア付近に寄った。

そのとき、高校生のリュックの蓋があいているのに気がついた。

教科書などを取り出した際に、閉めるのをそのまま忘れてしまったのだろう。注意してあげようと思い、声をかけようとして、そのまま凍りついた。

髪の毛の束をつかんだ手首のようなものが見えたからだ。

そしてそれはすぐに、煙のように見えなくなった。

少女と目があった。

彼女はぼそりとつぶやいた。

「今夜はどこへ行こうかしら……」

絶叫する女

雪鳴月彦

「――そう言えば、絶叫する女の話って知ってる？」

晩秋を迎えた、ある日の夕方。

学校が終わり家に帰る電車の中で、突然友達がそんなことを訊いてきた。

ぼんやりと夕日の沈みかけた田んぼの風景を眺めていたあたしは、キョトンとなりながら横へ座る友達へ顔を向け、

「知らないけど。何、それ？」

と小首を傾げながら言葉を返す。

「この間、たまたまネットのサイトで見つけたの。あんまり人気がない心霊サイトみたいなんだけどさ、どこか地方の山奥にいるんだって、その絶叫する女が」

「ん？　うん……」

あたしが話に食いついたことに気分を良くしたのか、友達は嬉しそうに口元をニヤつかせ、会話を続けてきた。

「その場所がどこなのか、正確な位置は書いてなかったんだけど。どこかの山奥にある廃墟で、ある儀式をすると現れるんだって」

「儀式？　その女の人って、幽霊なの？」

怖い話でよくある、コックリさんや一人かくれんぼを連想しながら、あたしはそう問いを投げかけた。

「そうそう。でね、その儀式っていうのが、人形を使うらしいんだけど……」

あたしの疑問に答えながら、友達はもったいぶるように言葉を止め、自らの手首を手刀で叩くみたいな仕草をして見せた。

「人形の手足を切断して、目玉を抉り取るの。そうして、その手足と目だけを回収して持ち帰ろうとすると、廃墟の中から手足と目玉のない女が犬みたいに四つん這いになって、絶叫しながら追いかけてくるって。それも、車で逃げても振り切れないくらいの速さなんだってさ」

「……どういうことそれ？　何で人形の手足取ったり目を抉ったりしなきゃいけないの？　その人形が女の幽霊になるってこと？」

いまいち意味が理解できずにあたしがまた問いをぶつけると、友達はフルフルと首を横に振ってみせた。

「もうかなり前らしいんだけどね、その廃墟で凄惨な殺人事件があったんだって。騙されて連れ込まれた女の人が、強姦された挙句に殺されて、手首と膝から下を切断されて目を抉り取られた姿で見つかったたって」

「それ……猟奇殺人とかいうやつじゃん」

聞かされた内容を脳内でリアルに想像し、あたしは無意識に顔を強張らせてしまう。

「まさにそれよ。で、その女の人の手足と目玉が未だに行方不明のままなんだってさ。儀式に来た人たちを犯人と勘違いするのか、それとも自分の死を遊びに利用されるのが気に入らないのかは知らないけど、その女の人の霊が、今も成仏できず廃墟を彷徨ってるんだろうね、きっと」

そう言って、友達はあたしから正面に視線をスライドさせ、遠くを見るように目を細めた。

「……その女の人、どうして絶叫しながら追いかけてくるか、わかる？」

「ううん、わからない。怒ってるからとか？」

「……犬みたいな四つん這いになって追いかけてくるって言ったでしょう？　つまりそれって、切断された膝と手首の断面で地面を叩きながら追ってきてるってことだから、その痛みで絶叫してるんだって」

そこまで一気に話して、友達はまたあたしへ視線を向けてくる。

「どうせ嘘だよ、そんな話」

そんな友達に苦笑を返し、あたしは小さく肩を竦めた。

「わかんないよ？　噂になるってことは、何かきっかけがあるわけだし。その廃墟だって、案外身近にあったりしてね。わたしたちが気づかないだけでさ」

「……」

「ほら、よく言われてるじゃん。毎年全国で行方不明者が発生してるとか。案外、そういう人たちってこういう不思議なものに巻き込まれて消されたりしてるんじゃないかな。……ねぇ。万が一、その女の人がいたとしてさ。追いつかれたら、どうなるんだろうね？」

絶叫する女の人が追いかけてくる場面を想像し、胸に不快感が込み上げる。

本当にそんなおぞましい存在が、この世にいるのものなのだろうか。

「まぁ、あくまでネットの噂。信じる信じないは自由だけどね」

最後にそう言って、友達は少しだけ怖がっているあたしの胸中を読んでいるかのようにニヤリと不気味な笑みを浮かべてみせた。

絶対 見るな

緒方あきら

世の中には、見てはいけないものが存在していると思う。

それは俺たちのすぐそばにあって、きっと普段はたまたま気がつかないで日々を過ごしているのだろう。

でも時に『見てはいけないもの』は、俺たちをそっと誘惑するんだ。

さりげなく、すっと日常に入り込んでくる。

ほんの些細なきっかけで、例えばパソコンやスマートフォンを一回クリックするだけで……。

何かに魅入られてしまうことだって、あるんだと思う。


「あれ、この画像なんで隠されてるんだろ？」

大学生になって初めての夏、俺は長すぎる夏休みを持て余していた。

いつも遊んでいたメンバーは半分以上実家に帰ってしまったし、残りのやつらもバイトやらサークルやらでなかなか遊ぶことが出来なかったのだ。

俺はというとバイトにもサークルにも興味がなく、生活費ギリギリの仕送りでは外に遊びに行くことも出来ず、一人でアパートにこもってインターネットで暇をつぶしていた。

冷房をケチっているので部屋の中は蒸し暑い。いつもならよく風がはいる二階の部屋だが、今夜はまったく風がなく嫌になるような熱帯夜であった。

「こんなアカウント、フォローしてたっけ？」

SNSのタイムラインに流れてきた『絶対 見るな』という短い文章と画像。

アカウント名は空欄になっている。画像にはSNSのフィルターがかけてあり【解除する】というボタンをクリックしなければ見ることが出来ない。

「誰かのイタズラか？　長瀬あたりがやりそうだけど」

長瀬は大学の友人で、俺と同じように暇を持て余している男だ。ちょっと皆をビビらせてやろうと、こんなくだらないことを思いついたに違いない。

「どうすっかなぁ。うーん……」

解除ボタンにカーソルを合わせて顎先に手を当てた。

驚かせようとしてくっつけている画像なら、見ないほうがいいのかもしれない。しかし、フィルターで隠されていると余計にその先にあるものが気になってしまう。

それに、なんといっても今は時間を持て余していた。

あまりにも不快な画像だったら長瀬に電話して、文句を言ってファミレスでおごらせればいい。そう考えて、SNSに表示された解除ボタンをクリックした。

その瞬間――。

画面いっぱいに膝をついて座っている女が映し出された。

着物のような服をはだけた髪の長い女の横顔だ。

肌が白く、薄暗くて青みがかった背景に溶け込んでしまいそうである。

伏せられた長いまつ毛が物憂げな影を落としていた。

「おいおい、めっちゃいい女じゃん」

画面が埋め尽くされる画像に驚きはしたものの、女の美しさにじっくりと画面をのぞき込む。

「あーあ、こんな彼女が欲しいなぁ。ねえねえ、こっち来て俺と付き合わない？　なぁんて……あれ？」

くだらない独り言をつぶやいた瞬間、目を閉じていた女がゆっくりとまぶたをあげはじめた。

「これ動画だったのか？」

女の目が開かれる。

左側しか見えないが、目も大きくて俺好みだ。

そのはだけた着物を脱ぎ始めてくれたら嬉しいんだが……。

なんてことを考えていると少しずつ女の顔が正面、俺の方へと向けられていく。

身体は横向きのまま、首を大きく横にひねる格好だ。

正面を向いた女の顔を見て、俺は驚きで椅子から転げ落ちそうになった。

「な、なんだよこれ⁉」

女の顔半分はただれていて、赤い皮膚に黄色い膿のようなものがわき出ていた。本来右目があるべき場所は真っ暗な空洞となっていて、そこから赤い涙が流れ出している。

「く、くそ！　消えろ！　パソコンが止まらない⁉」

ウインドウのバツ印を押しても、画面の中の女は消えることはなかった。右側だけ歯がむき出しになっている女の口がゆっくりと動く。声は聞こえない。

「な、何か言ってる……。いや、マジやばい、電源！　強制終了を！」

思い切り電源ボタンに指を押し込み、パソコン画面が真っ暗になるのを待つ。

しかし、画面が消えることはない。

女が何かつぶやきながら、ゆっくりとこちらに手を伸ばした。

その瞬間、俺の全身は冷たい電流が駆け抜けたような衝撃に襲われる。

やばい、これは本当にやばい。

立ち上がり、パソコンを放り投げてしまおうかと思った瞬間、プツンという音がして画面が真っ暗になった。ディスプレイに映っているのが顔色の悪い自分であることを確認して、大きく息をはいた。

「はぁ、なんだったんだよアレ」

充電していたスマホに手を伸ばし長瀬に電話をかける。こいつがさっきの動画の仕掛け人なら思い切り説教してやりたいし、違ったとしても無性に人の声が聞きたかった。

「ん……もしもし？」

数度のコールのあと、眠そうな声が返ってきた。

「長瀬。伊藤だけど」

「あー、伊藤ちゃん、何？　どしたのこんな時間に。俺寝てたのに」

「悪い悪い、ちょっと聞きたいことがあって」

長瀬は寝ていた？

ということはさっきのイタズラは長瀬ではないのか？

一応、寝たふりをしているということも考えて、探りを入れてみることにした。

「長瀬、さっきまでSNSいじってた？」

「いじってないよ。寝てたもん」

「ほんとか？」

「本当だって。そんなの嘘ついてもしょうがないじゃん」

苛立った長瀬の声色からして、これは演技ではないだろう。どうしようか迷ったが、今さっき起きたことを全部長瀬に話すことにする。最初はかったるそうに聞いていた長瀬も興味をひかれたのか、途中から声に元気が出てきていた。

「ってわけでさ。『絶対 見るな』とかいうやつやべーって。マジ怖いんだけど」

「んー、ちょっと待ってて。今からSNS見てみるから」

「十五分くらい前にあったんだけど」

通話口の向こうからスマホをいじる音が聞こえた。しばらくして、長瀬はガサゴソ音を立てて通話に戻ってきた。

「いや、そんなアカウントもコメントもないよ、伊藤ちゃん」

「マジで？　いや絶対あるはずなんだけど」

「あったとしてもさ、削除されたんじゃない？　通報とかされて」

「ああ、確かに。あれは悪質だったしな」

人の声を聞いたせいか、俺は少しずつ落ち着きを取り戻し始めていた。時計を見ると夜の十二時を過ぎている。もうこんな時間か、と思うとともに妙な眠気がやってくる。

「夜中にごめんな長瀬、俺もそろそろ寝るわ」

「はいはい、次からはもーちょい早い時間にかけてきてよ。また飲み行こうぜ」

「おう、んじゃおやすみー」

あれ、待てよ……。

……削除対応なんて、こんな真夜中にやるものだろうか？

疑問に思ったが、消えたのであればそれでいい。今はとにかく休みたかった。ベッドに横たわり目を閉じる。まぶたの裏にあの女の横顔がよぎった。

ああ、横顔だけならあんなに美人だったのに。

ウトウトとしたとりとめのない思考のなか、俺は気怠い眠りに落ちていった。

＊

女が座っていた。

横目で、じっとこっちを見ている。

ここはどこだろう。女が手を伸ばす。

正面を向いた顔はきれいで、あの画像とは違った。

ついつい、俺は差し伸べられた手を求めるように自分の右手を伸ばした。

その瞬間、
女の右側の皮膚が崩れ落ちて……。

「うわ!?　……えっ、俺の部屋？　……夢か」

飛び上がって周囲を見回した視界に、見慣れたカーテンが映る。朝の光を浴びてキラキラと輝いていた。大きく息をついて、もう一度ベッドに身体を横たえた。

「夢にまで出てくるなっつーの。なんなんだよ……」

苛立ちと恐怖がない交ぜになった複雑な気持ちで枕元に目を向ける。

時計の針は朝の六時を指していた。まだダラダラ寝ていたい時間だ。

時計の脇に置いているスマホが点灯していたので、タオルケットにくるまったまま手を伸ばす。

メールが一件届いていた。最近は皆ＳＮＳから連絡をしてくるので、メール自体が珍しい。

「なんだこのアドレス？」

送り主は妙な英字の羅列で、携帯会社やよく行く店の宣伝メールでもなさそうだ。

どうしたものかと思ったが、眠い頭のまま深く考えずにメールを開く。件名はなく、本文には『一』とだけ記されていた。

「送信ミスか？　一件の添付画像あり？」

画像という文字にかすかに動揺した。なんてったって昨日は画像をクリックしてえらい目にあっているのである。

なんかいやだな――。

そんな気持ちとはウラハラに、まるで何かに魅入られるように指が動いた。指先が画像添付を示すクリップの記号に触れる。

画像がゆっくりとスマホ画面の中に展開していった。

赤黒くさびた階段。

黒い髪。青白い肌。そして……。

昨夜見た、黒く大きな瞳。

ただれた、右側の皮膚が地面に痕を残して――。


「な、なんだよこれ！」

驚きのあまり、俺はベッドから飛び起きた。恐る恐る横目で、もう一度画像を確認する。

「こいつ、昨日の動画の女だよな。どうして……」

特徴的な目と肌の白さ、それに何よりも皮膚のはがれた右側。信じられないことだが、こんなやつが二人いるとも思えなかった。

ただ、女が這うようにして手を伸ばしている場所が昨夜とは違うように見えた。SNSで見た時は青白い場所にいたが、今日は古臭い階段に手をかけている状態だ。

「この階段、どっかで……あっ！」

俺は寝巻のまま玄関を飛び出して、一階へと続く通路を覗き込んだ。古いアパートの階段は黒い金属製だが、ぼろくなってそこかしこに赤さびが浮いている。

「写真に写っている場所って、まさか……」

一段一段、ゆっくりと音をたてないようにして階段を下る。十二段ある階段の真ん中に差し掛かった時、一段目に妙なよごれがあることに気が付いた。目を凝らす。

階段には、赤い液体と黄色い膿のようなものがわずかにこびりついていた。

「嘘だろ……」

慌てて部屋に戻るとすぐに画像を削除し、メールも消した。アドレスも着信拒否に設定する。

混乱する頭で必死に考える。

SNSから個人情報が抜かれたのだろうか？

いや、それにしたってこんなことをして何になるのか。万が一住所を特定できたとしても、こんな嫌がらせになんの意味もない。

「落ち着け。もうアドレスも拒否ったし、大丈夫。大丈夫だ」

痛いほどに脈打つ胸を押さえて、自分に言い聞かせた。深呼吸を繰り返す。誰かに相談したかったが、こんな話を信じてもらえるとは思えない。笑われるのが関の山だろう。

俺はその日、部屋から一歩も出ずに落ち着かない一日を過ごした。昨日の出来事のせいでパソコンをつける気にもならず、ひたすらスマホでゲームをして時間を潰す。

夜になるとさっさとベッドに入り無理矢理眠ることにした。

「今朝は散々だったな。明日からは切り替えよう」

目を閉じる。

疲れがたまっていたのかすぐに眠気がやってきて、俺の意識は夢の中へと誘われていった。

階段に、女がいた。


あの女が、ゆっくりと階段を這い上がってくる。

ひとつ。

またひとつ。

大きな目が俺を見つめている。

手が伸ばされる。

美しい爪とぼろぼろの皮膚をまとった指が俺の目の前に……。


「ひっ⁉ また、あの夢……」

飛び起きた。

びっしょりと寝汗を吸い込んだシャツが、肌にまとわりつくようで気持ち悪い。

枕元を見ると、スマホがメールの着信を知らせる緑色の光を点滅させていた。

「メール……」

震える手でスマホを操作する。見知らぬアドレスに何も書いていない件名。本文にはただ一文字『二』とだけ書かれていた。

——冷たい汗が背中を流れて落ちていく。

唾を飲み込んで、画像をクリックする。

あの女が、階段を這い上がっていた。

外に出る。二段目の階段の片隅が、赤い液体と黄色い膿に穢されていた。

「嘘だろ、また……」

「どうすりゃいいんだよ……」

声が震える。

そうだ、魔除けには塩がいいと聞いたことがある。

部屋に戻ると適当な皿に食卓塩をあるだけ盛って再び階段に向かった。通る人の邪魔にならないよう、階段の三段目の隅に皿をおく。出来るだけ階段に近づきたくなかったので、へっぴり腰の情けない姿勢で皿を置くのは大変だった。

我ながら情けないが、今はそれどころではない。

あの階段を通って外に出る気にもなれず、かといってこれ以上することもなく。俺は怯えたまま一日を終え、ベッドにもぐりこんだ。

どんなに怖がっていても眠気だけはいつものようにやってきて、沈み込むような不安な眠りに落ちていく。

そしてまた、あの女の夢を見る。悲鳴をあげて目を覚まし、スマホを手に取って声を漏らした。

「くそ！　まだ終わらないのかよ！」

メールが一件。本文には『三』の文字。

添付されているのは女が階段を一段ずつあがってくる画像。

震える身体をなんとか動かして階段に向かった。三段目に置いた塩はどす黒く変色し、無数の虫がたかっていた。

一日に一段ずつ、女は迫ってくる。

どうすることも出来ないまま、時間だけが過ぎていく。

引きずったような赤い痕と黄色い膿のような穢れ。

メールの数字はとうとう十一まで迫ってきていた。あと一段あがれば、あの女は俺の部屋がある二階にやってきてしまう。どこかに逃げることも考えたが、外に泊まるような金はない。

ついには買い置きの食料も尽きて、俺はとうとう音を上げた。

笑われることも覚悟のうえで、長瀬の携帯に電話をかけたのだ。

「もしもし、伊藤ちゃん？　どうしたの？」

「長瀬、いま暇？」

「暇っちゃ暇だけど、遊びにはいけないな」

「どういうことだよ」

「怒んないでよ伊藤ちゃん。俺いま、実家に帰ってるんだわ」

「えっ⁉」

「そんなに驚くことかな？　一週間後にはそっちに帰るから、そしたら遊びに行こうぜ」

目の前が真っ暗になる。長瀬の声が遠くに聞こえた。

どうする？

ここですべてを話したところで何も解決しないかもしれない。それでも、ひとりで不安を抱え続けるよりはマシだ。

「長瀬、相談したいことがあるんだ」

この数日の間に起き続けていることを、全て長瀬に話して聞かせた。

「とにかく、一段一段昇ってきてよ。どっか泊る金もないし、どうしたらいいか……」

「しょうがないな。俺の部屋のスペアキーの場所、教えてあげるよ」

長瀬が自分のアパートのスペアキーの入っているポストとナンバーロックの数字を教えてくれた。不意に全身がふわりと軽くなっていくのを感じた。

この部屋から離れられる！

大きな安心に包まれて、俺は長瀬に何回も感謝の言葉を告げた。

「二日か三日、俺の部屋にいたらいいよ。でも、あんま汚さないでよ」

「本当にありがとう、長瀬。じゃあまた連絡する！」

すぐに身支度をして部屋を出た。

階段にさしかかる。あの女が這い上った場所と考えると通りたくもなかったが、背に腹は代えられない。アパートの階段を飛び降りるように駆け下りた。

チャリで二十分ほどの長瀬の家に着くとスペアキーをポストから取り出して、ロックを解除する。部屋に入り、食べていいと言われたインスタント食品をたらふく食べた。

安心感と満腹で眠くなった俺はベッドを借りて横になることにした。すぐに温かな眠気の中に落ちていく。その晩、あの女の夢を見ることはなかった。


翌朝、久しぶりに爽快な気持ちで目を覚ました。

スマホにもメールは来ていない。あの女は俺があの部屋にいなければ出てくることは出来ないらしい。

「とはいえ、どうしたものかな……。そうだ！」

外に出てチャリを走らせた。近所に寺があったのを思い出したのだ。

寺の住職に今まで起きたことを告げると、階段のお祓いをしてくれるという。金はないと言ったが、そんなことを子供は気にしなくていいと笑われた。

子供と言われたのは癪だったが、頭を下げて長瀬の部屋に戻った。

「坊さんが今日お祓いしてくれるなら、明日には帰れるな」

今となってはあれほど持て余していた退屈な夏休みが恋しかった。それもあと一日の辛抱である。大きく伸びをして、ベッドに横になった。差し込む日差しが気持ちよく、俺はそのまま眠りについた。

＊

次の日、俺は自分のアパートへ帰ることにした。

アパートが近づくにつれて不安な気持ちになったが、二階へ続く階段にはいかにもな盛り塩ってやつか？　そういうものがしてあって、きちんとお祓いをしてくれたのだなと安心した。

「今度改めてお礼に行かないとな」

部屋のドアにカギを差し込み、ノブを回す。

閉め切っていたせいか、部屋の中が妙に臭う。やけに湿っぽいし、カーテンを閉じているせいか昼間なのに薄暗い。
「ただいま」
誰に言うでもなく言って、靴を脱いで玄関にあがる。
べちゃり、と右足に何かを踏む感触があった。粘り気のある湿った液体。
すえたにおいが鼻全体に広がる。
おかしい。
なぜ、部屋の床が濡れている？
そこら中に立ち込めた、この嫌なにおいはなんだ？
なんで部屋の中がこんなに寒い？
全身が、ぶるりと震えた。
——ここにいたら、やばい。
理由なんてわからないけど、反射的にそう思った。
外に出なくては。
振り返る。
目の前に、あの女がいた。
真っ白な肌に浮かぶ黒い大きな瞳が、じっと俺を見据えている。
白い腕が、俺の胸元に伸びた。

氷のような冷たい感触。足が固まってしまったかのように動けない。

声さえ出せずに浅い呼吸を繰り返した。女の口が横に割れる。微笑んでいるのか。

「おかえり、伊藤さん」

声が頭のなかに反響する。皮膚が破れた、女の右の眼孔。黒くて深い闇がじいっと俺を見つめていた。視界がかすむ。呼吸がうまく出来ない。世界が暗くなっていく。

俺は女の腕の中に崩れ落ちるように——。

＊

「……では、玄関で意識を失っていたということですね」

「はい」

今までに起きた事をわかる範囲で伝えると相手は頷いた。手元の紙に何を書き記すべきか、戸惑っているようにも見える。

「わかりました、どうもありがとうございます。今日はもうお帰り下さい」

「あの、これからどうなるのでしょうか？」

立ち上がり、廊下へと促された。連れだって部屋を出る。

「我々にも判断がつきません」

「そうですか……」

困ったような顔で首を振られ、俺は途方にくれた。もっと何か、出来ることがあったんじゃないか。そんな思いがいつまでもぬぐえなかった。

「いつ目を覚ましてもおかしくないのですが」

そう言って、先生は眠り続けるあいつに顔を向ける。

「友達のこと、どうかよろしくお願いします」

「はい。長瀬さんも気を付けてお帰り下さい」


伊藤が部屋で倒れているところを見つけてから、すでに三週間がたつ。

あいつは未だに目を覚まさない。

伊藤の部屋には黄色い膿が混じった赤い液体がそこかしこに溢れていて、あいつはそのなかに溺れるように倒れこんでいた。身体中に長い髪の毛が巻き付いて、首元には何かが食い込んだような痕が今も消えずに残っている。

伊藤が前に言っていた、ＳＮＳで見てしまったという何か。

あいつはきっと見てはいけないものを見てしまって――。

その『何か』に魅入られてしまったんだ。
眠ったままうわ言のようにつぶやくのは、怯えながら逃げ惑う言葉ばかりで——。

あれから一年——。
伊藤の意識は、未だに戻らない。

クジラの夢

三石メガネ

五年前、家族で父方の祖父母宅に里帰りしたときの話だ。

F県のO市にある祖父母宅には、父の姉に当たる伯母夫婦と、その子供であるC美ちゃんが同居している。

C美ちゃんは私と同い年で、当時十一才だった。

その時にはもう、自分のスマホを持っていた。

十一歳だった私たちは、田舎での手軽な暇つぶしとして、スマホで遊ぶことにした。

「これ、最近ハマっててさ」

そう言ってC美ちゃんはスマホを見せてくれた。

『クジラの夢』という名前のゲームだ。

「招待制で、誰かに招待してもらわないと入れないんだ」

C美ちゃんは得意げだった。

ほかのスマホゲームで知り合った人に招待してもらったんだ、と言っていた。

登録したユーザーは様々な心理テストに答えたあと、その結果に沿ったミッションを出題されるらしい。

　そして一定数のミッションをクリアすると、特別なミッションが与えられるそうだ。

「変わったゲームだね」

　そう思った原因はもう二つあった。

　ゲーム内でほかのユーザーと交流する手段がない。

　さらにゲームマスターなる人物がいて、たくさんのミッションをクリアした人には直接声をかけてくるらしい。

「なんて言ってくるの？」

「分かんないけど」

　C美ちゃんはちょっと悔しそうだった。

「でも、そこ行くまでやるからさ。分かったら教えてあげるね」

　スマホを持っているというだけでも羨ましいのに、そこまで熱中できるゲームがあるなんて、と私は思った。

　きっと面白いんだろう。

　もしスマホを持っていたら、C美に頼んで招待してもらいたかった。

それから一年後、今から四年前のことだ。

夜に漫画を読んでいると、やっと買ってもらったスマホにC美からＬＩＮＥがあった。

『ついに行けそう。バイバイ』

すぐに「何が？」と返信したが、それきりメッセージは返ってこない。

寝落ちしたのかな、と特に気にはしなかった。


そして翌日。

朝起きてリビングに行くと、母が血相を変えて電話をし終えたところだった。

「C美ちゃん、死んだんだって」

「え？」

ショックと言うより、何を言っているのか分からなかった。

寝ぼけ眼というのもあったし、何より昨日ＬＩＮＥをしたばかりだったからだ。

「なんで？　いつ？」

「今日の朝早くだって」

なんで、の所に母は答えてくれなかった。

おろおろと青くなる母に、それ以上訊けなかった。

その後は家族でC美の葬式に行った。

死因は農作業中の事故とだけ聞いていたが、お焼香のときもお棺の小窓は開けられてはいなかった。

何か不穏なものを感じたけど、そこを突っ込んで聞くのはきっといけないことだと思い、結局、詳しい死因を知ったのは帰宅途中の車内だった。

説明したがらない母に代わり、父が手短に言った。

「朝の四時過ぎに、農機具に巻き込まれたんだ。マニアスプレッダーっていう、肥料を散布する大きな車があってな。そこの中に落ちてしまったらしい」

帰宅してから、私はこっそりとマニアスプレッダーについて検索した。

それで、全部分かってしまった。

マニアスプレッダーには堆肥(たいひ)を砕くための大きなブレードが三タイプついている。

重くて硬い堆肥をそのブレードで「バラバラに粉砕」し、辺り一面に「細かくなった破片をぶちまける」そうだ。

座っていられなくなるくらい、身体がムズムズした。

大体、時間がおかしい。

なんだってこんな早朝に、普段見慣れているはずの農機具なんかで事故が起きたんだろう。

あんなメッセージを私に送ったあとで。


ふと、C美は自殺なのではないか、と思った。

そして思い出したのは、一年前に聞いた不思議なゲームの話だった。

タイトルは奇跡的に覚えていた。

これも検索してみたが、『クジラの夢』なんてゲームはヒットしない。

招待制と言ってたし、あまり公にはしていないのかもしれない。

大体、ゲームが自殺に関係しているなんて考えすぎだ。

当時の私はそう思って、それ以上考えるのはやめた。


それから四年後、今年の春に、私は高校生になった。

そのころにはC美のことをすっかり忘れていた。

新しい学校と新しい友達関係とで、忙しかったからかもしれない。

それでも久しぶりにC美のことを思い出したのは、偶然見たニュースがきっかけだった。

『半年で百三十人の子供が自殺』。

ロシアで『青いくじら』という自殺誘発ゲームが流行し、実際に何人かが自殺してしまったらしい。

SNSを介して対象者にいろいろなミッションを与え、クリアさせていき、最後には自殺に追い込むのだという。

ものすごく有名な事件でニュースでもガンガンやっていたので、知っている人は多いと思う。今も検索すれば、ウィキペディアを始めとしていろいろな情報が出てくる。

私は、真っ先にC美を思い出した。

スマホでいろいろなネット記事を調べてみた。

首謀者はロシアの青年で、もう逮捕されたらしい。

不思議に思ったのは、その時期だ。

ロシアの青年が『青いくじら』を始めた年よりも、C美が『クジラの夢』を知った年の方が一年早い。

無関係というには偶然の一致が過ぎるけれど、そのロシア人が関与していると考えるには順番が逆だ。

かといって『クジラの夢』が元祖とすると、なぜロシアの件があったのに『クジラの夢』は報道すらされてないのかが分からなくなる。

結局、私はこれもネットで調べることにした。

『クジラの夢』だと夢占いのサイトばかりが出てきたので、キーワードを変えたり組み合わせたりして、膨大な検索結果を一つ一つ調べて回った。

長い時間をかけて、私はついに気になるサイトを見つけた。

そこは都市伝説を集めたサイトだった。

個人が作ったらしい。

その中に『クジラの悪夢』という話があった。

サイトによると、それはゲームを装った悪霊召喚の儀式だそうだ。

ゲームのミッションと称し、気づかれないように『何か悪いものを自分に降ろすための儀式』をやらせる。

最終的にプレイヤーは三人の後継者を選んでゲームに招待し、その後は悪霊に命を取られるのだそうだ。

この三人という狭い招待枠のせいもあり、なかなか表ざたになることがないという。

スクロールする指先が震えた。

現実味のない都市伝説と、現実として起こったC美の自殺。

C美にこのゲームを勧めた人は、全部分かっていたんだろうか。

大体、C美を誘った人が誰なのか分かる方法なんてない。

何も知らない普通の人なのか、自殺ゲームを考えたロシア人なのか、そして本当に人間なのかすらも。

今となってはそのゲームにアクセスする方法がない。

当時、私がスマホを持っていて一緒に『クジラの夢』をやっていたらC美を助けられたのかもと思ったりもした。

だけど結局、二人して死んでいただけかもしれない。

C美に対する罪悪感と、ただただ怖いのとで、私はそれ以上調べるのをやめた。


それ以降、私はマイナーなゲームには手を出さないようにしている。

有名なゲームも、リリースから一年ほど経ってからじゃないとプレイできなくなった。

それが本当に単なるゲームなのか、他に確認する方法がないからだ。

ねがいごと叶えてあげる

黒谷丹鵺

【表～猿の手スマホ】

傷だらけのひどく汚れたスマートフォンなんだってね。
もちろん、見たことなんかないよ。
もし手に入れてたら、今こんなところにいないさ。
誰からともなく巡ってくるらしいんだ。
電源入れるとね、メッセージが届いてるって通知があらわれるそうだよ。
開くと赤い背景に白い吹き出しでメッセージが出てくるんだって。

「願いごと三つ叶えてあげる。対価はほんの少しあなたの魂さわらせて」

魂さわらせたらどうなるって？
さぁ……体験したわけじゃないからわからないけど、なにやらすごく恐い思いをするっていうよ。

「落としましたよ」

「えっ？」

彼女は反射的に、差し出されたスマートフォンを受け取った。

足早に立ち去るスーツ姿の男の背をチラッと見て、彼女は手元に視線を落とす。

「あ……」

ソレは彼女のものではなかった。

厚みといい大きさといい、サイズが彼女のと同じぐらいだったから手にした時に違和感がなかっただけで、目で見てみれば似ても似つかぬ別物だった。

慌てて顔を上げ今の男の姿を捜したが、もう都会の雑踏にまぎれてわからなくなってしまっていた。

彼女は困った顔でソレを見る。

ひどく傷だらけで汚れたスマートフォン。どこのメーカーのものかもはっきりしない。

「どうしよう？」

彼女はソレをどうしたものか戸惑いながら考えた。

これほど汚れているのだから捨てられたものかもしれないが、逆に雑な持ち主に相当使い込まれている可能性もある。

落とし物として交番に届けるのが無難だろうが、その時の彼女にはあいにく時間がなかった。

「後で届ければいっか」

無造作にバッグに放り込んで駅を出た。

街角の時計を見て少し足を速める。待ち合わせの時刻が迫っていた。

今日は学生のころから交際している恋人に「大切な話がある」と呼び出されたのだ。

ここのところ、お互い仕事が忙しくてあまり会えなかったが、連絡だけはまめに取りあっていた。

喧嘩ひとつしたことがない仲で、お互いの家族にも紹介しあっている。

そろそろ……という話も少しはしていた。

「大切な話ってやっぱりプロポーズ、かな」

彼女は幸福感を隠しきれない様子で微笑み、足早に約束の場所へ向かった。


だが人生いつどこでなにが起きるかわからないもの。

この日、彼女の運命を大きく変える出来事が発生する。

汚れたスマホを手にしてからおよそ二時間後、彼女は救急病院の待合いで頭を抱えていた。

彼女が待ち合わせ場所で一時間以上も気を揉んでいたその間に、彼は意識不明の重体患者として救急車で搬送されていた。

居眠り運転の車が歩道に突っ込む事故があり、運悪くその場に居合わせた彼は跳ね飛ばされて頭を強打してしまったらしい。

そんなことはつゆ知らず、彼女は待ちぼうけをくらわされて苛々していた。

いくら電話しても通じずメッセージアプリで連絡しても未読のままで、三十分、四十分と経つうち次第に彼の身が心配になってきた。

しばらく悩んだ結果、思い切って彼の実家に電話して、そこではじめて事故のことを知ったのである。

彼の実家は遠方であり、すでに両親が新幹線でこちらに向かっているとのことだった。

急いでタクシーをつかまえた彼女が搬送先の病院に到着した時、彼は一刻を争う容態で緊急手術に入っていた。

脳内で出血している可能性があると聞き、彼女は崩れ落ちそうになった。

だが彼の両親が着くまでは恋人の自分しかいないのだから、しっかり待機していなければと足を踏ん張って耐えた。

「どうしてこんなことに……」

彼女は赤く泣き腫らした目で手術室の扉を見る。

ブブー　ブブー　ブブー

いきなりバッグの中から振動が響き、慌ててスマホを取り出して見たが着信もメッセージも来ていなかった。

「そういえば……」

彼女はあの汚れたスマホのことを思い出し、もう一度バッグを探る。案の定、ソレは底の方で赤い通知ランプを点滅させていた。

「どうしよう」

少し考えてから手に取ってみる。

もしかすると持ち主が探していて、連絡を入れたのかもしれないと思ったのだ。

電源ボタンを押すと、明るくなった画面にメッセージ通知が現れた。どうやらロックはされていないらしい。

「やだ、なにこれ！」

彼女は通知を目にした瞬間、思わずスマホを放り出した。

カツンと軽い音を立てて床に落ちたその画面には、なぜか彼女宛てのメッセージタイトルが表示されていたのだ。

見間違いか、たまたま同姓同名の他人に向けたものかとも思ったが、拾って確認する気にはなれなかった。

ひどく汚れたソレに薄気味悪さを感じ、彼女は足先でそっと反対側の椅子のほうへ蹴る。

そのとき、手術室へ続く扉が開いて看護師が出てきた。

「ご家族、まだ到着されませんか？」

彼女は看護師の表情から彼の容態を察し、両手で口を覆う。

看護師は彼女を痛ましそうな目で見ながらも、冷静な態度で医師の元へ案内した。

ソレは長椅子の下に転がったまま、画面を赤く変化させる……。


ふと気付くと彼女は自分の部屋にいて、折りたたまれた薄い紙を握りしめて座っていた。

カーテンを閉めていない窓の向こうは暗く、時計を見ると午後十時を回っている。

病院で彼の両親と会った記憶はあるが、話した内容はまるで覚えていない。

なぜ自宅にいるのかわからない。

どうやって帰って来たのかもわからない。

看護師に呼ばれて行った先で、緑色の術衣を着た医師から聞いた話だけは鮮明に覚えていた。

「彼の脳が負ったダメージは深刻で、遅かれ早かれ脳死状態になる可能性が高いでしょう」

それを聞いてからの記憶が曖昧である。

彼女は手にしていたクシャクシャの紙を広げてみた。

『婚姻届』


焦げ茶色のインクで印刷されたその用紙には、彼の筆跡でサインがしてあった。

断片的な記憶がよみがえり、病院から彼の衣類など私物を預かった時に、上着のポケットから封筒に入ったそれを見つけたことを思い出す。

目から涙があふれ出た。

「やっぱりそういうつもりだったのね……」

彼女は床に突っ伏して慟哭した。

ひとしきり泣いた後、彼の両親から連絡が来ていないかと気になり、彼女はバッグを探ってスマホを取り出した。

「着信もメールもなし、か」

とりあえず容態の急変はなかったようだとホッとして、彼女は立ち上がった。

彼のサインが入った婚姻届を失くさないように保管しておかなければ。

指輪など大切なものをしまっている引出しのカギを開ける。

「きゃっ！」

彼女は短い悲鳴を上げた。

あの傷だらけの汚れたスマホが、そこにあった。

赤い画面に白い吹き出しのメッセージを表示している。

「ねがいごと……」

目に入りかけたその文言を、読んではいけないと彼女は思った。

なぜそう思ったか理由はわからない。

ただ、本能がソレは危険なものだと警告を発していた。

そもそも、これがここにあるはずがない。

いくら混乱していたからといって、こんな不気味なものをわざわざ拾って持ち帰るわけがない。

どう考えても合理的な理由は浮かばなかった。

「いったいなんなの……なんなのよ」

ゾッとするような感覚に皮膚が粟立つ。

彼女は引出しからスマホをつかみ出すと、窓を開けて思いきり遠くへ投げた。

落下地点を確認もせず、ガラスが割れそうな勢いで閉めた窓を施錠し、しっかりカーテンを引いてベッドに逃げ込んだ。

小刻みに震える体を毛布でくるむ。暖かく柔らかな感触と彼女自身の匂いが怖さをやわらげてくれる。

呼吸を整え、疲れのせいで幻を見たのかもしれないと考えた。

少し休もうかと彼女は身構えた身体をゆるめて手足を伸ばし……指先に固く平たい物体が触れ、凍り付いたように動きを止めた。


おそるおそる毛布をめくって目にしたのは、赤い画面が光っている汚れたスマホ。

彼女は悲鳴を上げてベッドから転がり落ちた。

「いやあっ」

——どうして？

混乱と恐怖で動けなくなる。

ベッドの上で明滅を繰り返す赤い光。

視線が吸い寄せられていく。

それを察知したかのように、暗い画面がパッと明るくなり血のように禍々しい赤色に変わった。

ぽっかりと白い吹き出しが「見ろ」と誘ってくる。

そして彼女の脳は、眼球を通過して届いたメッセージの内容を認識する。

「願いごと三つ叶えてあげる。対価はほんの少しあなたの魂さわらせて」

彼女は考えた。

これは今の自分にとって歓迎すべきことなのではないか。

「ふふ……」

彼女は笑みを浮かべ、ソレを手に取った。

メッセージに返信する形で入力する。

「彼の命を助けて」

指で綴った願いごと。

このタイミングでこんな幸運を手に出来るなんて、と彼女は喜びに震えながら目を閉じた。

魂をさわられたらどうなるかはわからないが、彼を永遠に失ってしまうことに比べたらなんでもない。

たとえ悪魔の罠であってもかまわない。

見えないけれど気配は感じた。

ソレの画面から立ち上り触手を伸ばしてくるおぞましいものの気配。

彼女の体表を探るようにつついていた触手は、へそのあたりで止まった。

ほんの少しの間の後、それは彼女の腹からぬるりと内側に侵入する。

一瞬で脳天から爪先まで貫かれたような戦慄に震え、あまりの恐ろしさに叫ぶこともできない。

触手が、自分のコアな部分をめざして体内で蠢いているのがわかる。そこに近付くにつれて言いようのない恐怖も高まる。

——なんでこんなに恐いの？

理由はわからないのに恐怖という原初の感情だけが、すさまじい勢いで彼女を侵食していった。


やがて。

それは目的のものを発見する。

するりと巻きついて愛しそうに先っちょで撫でまわす。

その瞬間、毛穴という毛穴すべてがブワッと開くような……鳥肌なんて可愛らしいものとは比較にならない不快感に襲われて彼女は気絶した。


せんえんせいいしきしょうがい。

漢字がわからないって？

遷延性意識障害って書くんだよ。

植物状態のことだね。

脳死とは違うよ。

彼はなんとか一命は取りとめたものの、それっきり目覚めなかったんだ。

心臓はちゃんと動くし呼吸も自発的に出来るけど、意識だけが戻らない。

そのまま何ヶ月経っても状態は変わらなかった。

彼の家族は豊かじゃなかったからね、医療費がかさんで苦しい生活を余儀なくされたそうだよ。

彼女はね、願いごとの仕方を間違えたんだ。

彼の命を助けてなんて願ったから、文字通り彼の命しか得られなかった。

かろうじて死をまぬがれただけ。

彼女は失敗に気付いたと思うかい？

まぁ、それはともかく、二番目の願いをスマホに綴ったのは割りとすぐだったみたいだよ。


「一生困ることのない財産を手に入れたい」


彼女はね、馬鹿でも浅はかでもない。

だから、それがどんな形で叶うか察しなかったはずはないんだよね。

数時間後、彼女の祖父が急死してしまった。

祖父には不動産で築いた財産がたっぷりあって、直系の孫は彼女しかいない。

どういうわけか遺言によって親世代の相続はすっ飛ばされて、遺産のほとんどが彼女のものになったんだ。

いや、恐ろしいね。

願いごとと引き換えに祖父が死ぬかもしれないのに、彼女は少しもためらわなかったんだから。

そうそう、彼のサイン済みの婚姻届があったことは覚えてる？

彼女はそれに自分もサインして正式に彼の妻になったんだ。

反対とか心配は当然されただろうけど、まわりの意見なんて聞くわけない。

彼女はさっさと実家を出て、静かな郊外に新居を構えた。

そしてね、病院と同じ看護ができる環境を整えて彼を引き取ったんだって。

彼は眠っているだけで特別な治療が必要なわけじゃないから、素人でも自宅で面倒をみることは可能なんだ。

彼の両親？

そりゃあ表面上は遠慮しただろうけど、内心はありがたかっただろうよ。

彼女、それからずっと彼と暮らして献身的に世話してるらしいよ。

やっぱり不思議だと思う？

なんで彼を元気な状態に戻してって願わなかったんだろうね？
まだ三つめの願いごとが残ってたはずなのに。
魂をさわらせるのが嫌になったのかな？
その辺の事情はよくわからないけどさ。
彼女はソレを手放すことにしたんだ。
混んでる電車に乗って、見知らぬ誰かのポケットにそっと入れてきたそうだよ。
ネットの掲示板に書いてあるのって、見たことある？
教えてあげようか？

『猿の手スマホ』

一、そのスマホを手にしてしまったら願いごとが叶うまで手放せない。
二、願いごとは最大三つまで。
三、叶える条件は一つにつき一回、魂をさわらせること。
四、願いごとを叶えたら他の誰かに譲ることが出来る。
五、手にしてから一年以上なにも願わなかったら死ぬらしい。

まぁ、どこまで本当かわからないけどね。

【猿の手スマホ～裏】

あれ、久しぶり！
元気だった？
すっかりご無沙汰しちゃって、ごめんね。
どうしてるかなって思ってはいたんだけど……。
ねえ、立ち話もなんだし、ちょっとお茶でもしない？
さっき実家で聞いてきたんだけど、商店街の花屋さん、カフェも始めたんだって。
お花に囲まれてすごくいい感じらしいよ。
せっかく会ったんだし、ゆっくり話したいな。
時間ある？
私は大丈夫。夕方までに帰ればいいから。
今日はヘルパーさんお願いしてあるし、急いで帰る必要ないんだ。
彼？
相変わらずってとこかな。

〈足立育矢の無料メッセージアプリ履歴8／17PM5：32〜8：05〉

育矢「そろそろはっきり決めよう」

まゆり「ん？(*^^*)なんのこと？」

育矢「わかってるくせに」

まゆり「ちゃんと言ってほしいの(*ノεノ)」

育矢「おまえの将来のためにも早くはっきりさせたいんだ」

まゆり「ちょっと急ぎすぎじゃない？」

育矢「俺の気持ちは決まってるし変わんないから」

まゆり「育矢がそこまで考えてると思わなかった(ノД`)・゜・。」

育矢「男としてケジメきっちりつけたい」

まゆり「そういうことなら私も覚悟しないとね」

育矢「ありがとう」

まゆり「でも、ちゃんと会って聞きたいな(*^^)」

育矢「わかった。大切な話だしな」

まゆり「土曜日はどう？」

育矢「午前中か、午後早くなら大丈夫だと思う」

まゆり「じゃあ午前中、十時にいつもの場所で」

育矢「了解！」

彼の声、もう忘れちゃったんだ。
どんな会話が最後だったか思い出せなくて……寂しいけど仕方ないよね。
覚えてるのは優しい声だったって印象だけ。
ほら、喧嘩ひとつしたことないって、前に話さなかったっけ？
彼によく言われた言葉があるんだけどね。
おまえとじゃ喧嘩にならないって。
たまにはキツイことも言われたけど、正面から受けたらぶつかっちゃうでしょ？
だから、そういうのは軽く謝って流して、さっさと話題を変えるの。
最初のうちはね、ちゃんと聞けよって彼も怒ってた。
でも、喧嘩なんかしたくないって私の気持ちわかってくれたみたいで。
そのうち何も言わなくなった。
作戦勝ち？
ふふふ……どうかな。

〈足立育矢の無料メッセージアプリ履歴8／17AM7：20〜7：37〉

梨花「おはよ！　昨日は遅くまで引きとめてごめんね(>_<)ちゃんと起きられた？」
育矢「爆睡中zzz」
梨花「起きてるじゃんw」
育矢「もう電車だよ(´_ゝ`)社畜つらー」
梨花「大丈夫？」
育矢「帰りたい。つらい。しんどい」
梨花「はいはい(´_ゝ`)」
育矢「優しくして(´;ω;`)」
梨花「お父さん、また野球の話しながら飲みたいって♪　気に入ったみたいよ」
育矢「まじか！　怒ってない？？」
梨花「だーいじょーぶ(*^^)vいぇい！　男の子だったら育矢くんと一緒に野球の英才教育するんだって夢みてたwww」
育矢「よかった(´;ω;`)殴られる覚悟で行ったのに、すげー歓迎してくれたじゃん？　俺までおまえ幸せにしなきゃって思った！」
梨花「嬉しいよ～(´;ω;`)おなかの赤ちゃんも喜んでるよ」
育矢「パパがんばる！」
梨花「育矢のご両親にも挨拶いかなきゃ。緊張するw」

育矢「まだいいって！　遠いのにムリしてなんかあったら嫌だし」
梨花「でもコソコソしてるみたいで嫌なんですけどー」
育矢「俺が話しとくから問題ないって！」
梨花「まさかご両親まだ元カノさんとつきあってるとか思ってないよね？」
育矢「大丈夫！　心配すんなって！」
梨花「あやし――（；゜Д゜）」
育矢「俺を信じろ（｀ー´）ノ」
梨花「ふーん(、_ν、)ま、いいや」
育矢「大丈夫！！！」
梨花「週末どうする？　来る？　行く？」
育矢「土曜そっち行くよ！」
梨花「友だちとランチの約束あるから夕方でいい？　お泊まりの準備してきてね？」
育矢「わかった(^^)/渡したいものあるから持ってく」
梨花「なになに？　婚約指輪とか(*´▽`)？？」
育矢「もっと大切なものだよ(、_ν、)乗り換え！　またあとで！」
梨花「りょーかーい(、_ν、)お仕事がんばれー！」

彼の姓にはすっかりなじんでるよ。

足立まゆり。

なんとなく旧姓よりしっくり合ってると思わない？

義両親、たまに来てくれるんだ。

遠いから、年に一回か二回しか来れないんだけど、そのかわり一週間ぐらい泊まってもらうの。

彼の部屋で一緒に食事して会話して……もしかしたら聞こえてるんじゃないかって、そんな気がして。

もちろん彼は眠りっぱなしで、ピクリともしないけどね。

家族団らんの雰囲気だけでも伝えてあげたいなって。

それに、おじいちゃん達が一緒だと子供も喜ぶから。

あ、もしかして噂で聞いてた？

私が産んだ子供じゃないんだよね。

あなただから言うんだよ？

普通の友達にこんなこと打ち明けたって、どん引きされて終わりだもん。

私には同情してみせて、陰でネタとして面白おかしく噂するに決まってる。

だから、ここだけの話にしてね？

浮気してたの、彼。

前に同じ会社にいた子らしいけど、なにかと相談に乗ってるうちについ……って王道パターンにもほどがあると思わない？

彼の事故の二日後ぐらいに、その子が泣きながら病院に来たの。

お腹に赤ちゃんがいて結婚の約束してるって言い出されて、こっちはびっくりよ。

もちろん私は知らなかったし、彼の両親だってなんにも聞いてないって。

でも、本当なら責任は取らないとって仰ってた。

そのときの私の気持ち、わかる？

彼があんな状態になっただけでもショックなのに、浮気相手が現れて妊娠してるって、しかも彼の妻として産むって言い張られたんだから。

なんにも知らないで寝てる彼を刺してやろうかと思ったわ。

でもね、これだけは確実に言える。

彼が結婚したかったのは私。

だって婚姻届にサインして渡されたんだよ？

だから一歩も引くつもりはなかった。

相手の親は堕ろすように言ってたみたいだけど、もめてるうちにお腹がどんどん大きくなって、たぶん精神的に追い詰められたんじゃないかな。

ある日いきなり彼のことを忘れてしまったんだって。

それはもう、きれいさっぱり記憶から消えてしまったの。

人間の脳って不思議で、そういうこともあるんだね。

そんなわけで、もう産むしかない時期だったから出産はしたけど、とても面倒みられないってことで私が引き取ったの。

彼が父親なのは間違いなかったし、妻である私が育てるのが妥当かなって。

でも可愛いね、子供って。

日に日に成長するのを見てると幸せな気分になれる。

あの子の存在が、また頑張ろうって元気とか勇気をくれるんだよね。

最近すっかり一人前の大人みたいな口きくようになって「ママは僕が守ってあげる」なんて言うの。

感動しちゃうよ。

小さくてもちゃんと男なんだもん。

え?

うん、そう。彼によく似てる。

――あなたにならアレのことを教えてあげてもよかったかな。


でも、もうどこの誰だかわかんない人に譲ってしまったし。

そんな苦悩を抱えてるって知ってたら、そんな他人なんかよりあなたに渡してあげたかった
……すごく残念。

ううん、なんでもない。

独り言。

そろそろ帰らなくちゃ。

いっぱいお話できてよかった。

今度ゆっくり遊びに来ない？

郊外だから少し距離あるけど、静かでいいところなんだ。

泊まりがけでも大歓迎よ。

あなたも元気だしてね！

奇跡が訪れるかもしれないし、人生あきらめたら終わりなんだから。


――もしアレを手にするチャンスが巡って来たら、あなたも一発逆転できるはず。

そう、ちょっと恐いだけ。

慣れれば別にどうってことない。

私、変わった？

ふふふ……どうかな。

——そりゃ三回もアレにさわれられたら、同じなわけがないでしょ。

じゃあ、またね！

さようなら。

寝言に返事をしてはいけません

砂神桐

友達は寝言が酷かった。

クラスも部活も一緒なので、学校行事や合宿やらで寝泊まりする機会が多い。

その際、ほぼ確実にそいつは寝言を口にするのだ。

やかましいという程ではないが、やはり夜中に何か喋り出すと気になって、こちらの目は覚めてしまう。

それでも俺はすぐ寝直していたが、中には面白がって寝言に返事をする奴もいた。

どんな夢を見ているのか、ムニャムニャとよく判らないことを語る友達に、起きてる奴が返事をする。

泊まりで、寝言の友達と部屋が一緒になった時はそれが当たり前の光景になり、からかう奴の行動を誰も気にしなくなったのだが、そのせいでとんでもないことが起きた。

その日は連休を使って部の強化合宿が行われたのだが、宿泊施設に大人数で雑魚寝ができる大部屋がなく、部員は三、四人ずついくつもの小部屋に振り分けられた。

俺は寝言が酷い友達と、それ以外に後二人の友達と同室になったのだが、就寝時間がきてそれぞれ布団に潜り込むと、さっそく例の友達が寝言を口にし始めた。

俺はもう慣れっこだし、残る二人の内片方も同じ対応だったが、もう一人が悪ふざけをしたがる奴で、すぐさま寝ている奴の枕元に座り込むと、寝言に返事をし始めた。

でも、いつもならそいつの寝言は話しかける内容にそこそこ対応しているのに、その夜はまったく様子が違っていたのだ。

話しかけている途中で寝言を言ったり、返事としては不適合すぎる内容を口走ったり、これまでとは状態が違いすぎている。

違和感に、話かけている奴が口を閉ざした直後、その声ははっきりと室内に響いた。


「やっと邪魔な人が話しかけなくなった」

「う、ん……そう、だね」


眠ったままの友達が寝言でそう対応する。でも、部屋には割り振られた四人以外姿はないし、誰もそんなことを口にしてはいないのだ。

いったいコイツは誰と喋ってるんだ？


「おい。お前、誰と話してるんだよ!?」

傍らの友達が寝ている相手に問いかける。けれど聞こえたのはそれに対する返事ではなかった。

「せっかく二人で話してるのに、邪魔だなぁ。ねぇ、邪魔されない所に一緒においでよ」

「……うん」

誰かの声にそう寝言が続いた後、眠る友達の口から絶叫が響いた。

突然のことに驚いて布団から飛び起き、俺達はその友達を揺さぶった。けれどそいつは眠ったまま目を覚まさない。

今の叫びを聞きつけたのだろう。すぐに他の部屋からも人が押し寄せ、顧問の先生がそいつの様子を窺った後、深刻な顔で１１９番に電話をかけ、友達は程なくやってきた救急車で運ばれていった。

それがおよそ半年前のできごとだ。

あれからずっと例の友達は病院にいるが、いまだに意識は戻っていない。

同室だった俺達は事情を聞かれ、起きたことをありのままに喋ったが信じてはもらえず、さすがに俺達が原因でああなったとは誰も考えず、友達は、何らかの理由で意識不明になってしまったのだということになった。

でも、同じ部屋にいた俺達は友達と会話する何ものかの声を聞いたんだ。そして、あの件の後調べて、寝言を口走る人間に話かけてはいけないということを知った。

科学的には、寝言に返事をするのは、眠りの浅いレム睡眠を妨げ、睡眠不足を引き起こすからだと言われているが、昔から、寝言は寝ている人が霊と対話をしているため、話しかけるのはそれを邪魔をすることになる、という迷信があるらしい。

その迷信の中に、寝言に返事をすると、霊が寝ている人の魂を連れ去ってしまうという説があった。

友達は、あの夜話しかけきていた何かに魂だけ連れて行かれたのかもしれない。だからきっと、もう二度とこのまま目を覚ますことはないだろう。

話かけたのは俺ではないけれど、あの場にいて止めなかった以上、総ては同じ部屋にいた俺達の連帯責任だ。

その罪の意識が暗く留まり続ける心に、あの時の友達の絶叫は消えることなく響き続けるだろう。

廃墟のおまじない

三塚章

「ねえ、学校の傍に、大きめの個人病院の廃墟があるでしょ。最近、そこに関する奇妙な噂が流れているの、知ってる？」

そんなふうに話し掛けてきたのは、同じクラスのユキだった。

私も、廃墟がある事は知っていた。別に心霊スポットというわけではないのだけれど、夏になると肝試しに行く者もいるらしい。

「噂って？　患者の幽霊が出るとかいう？」

「あ～それじゃなくて。診察室にある体重計に石を置くと願いが叶うっていう」

「え？　なにそれ」

「『不思議な体重計』ってオカルトサイトでちょっとだけ話題になってるのよ。そのサイトでは病院の名前は伏せられてるけど、場所の描写とか上げられる写真とかであそこに違いないって。誰が言いだしたのかは知れないけどね」

「へえ」

「ただし、夜の十二時に一人で置きに行かないといけないらしいけど。ミナ、最近ついてないでしょ？　やってみたら？」

確かに、ユキが言うように、私は最近すっかりまいっていた。ユキがこんな話をしてきたのも、私が悩んでいるのを知っていたからだろう。

数か月前、電車の中で違う学校のヤスタカとかいう人にいきなり告白された。眼鏡をかけて、顔つきはイケメンでも不細工でもない。でも、目付きにどこかイヤな感じがあった。

丁寧に断ったのに、何度も何度も何度も何度も言い寄られて、どこで住所を調べたのか、気味の悪い手紙を出され、とうとうこそこそと家の周りをうろつくようになった。

そんなことに気を取られていたからか、恋人のリョウとの仲もうまくいかなくなっていた。

(本当に願いが叶うのかな……)

もしもあのストーカー、ヤスタカが粘着をやめてくれたら。またリョウとの仲がもとに戻ったら。

都市伝説みたいな噂に頼るなんてバカげているとは思ったけれど、なんとかしてくれるなら神様だろうが悪魔だろうがチュパカブラだろうが誰でもよかった。幸い、今は冬だから肝試しに来る者もいないだろう。

廃墟の病院の玄関には、当然鍵がかかっていた。けれど、玄関横の窓だけ鍵が壊れていて、そこから入れる事をサイトの閲覧者と地元民は知っている。

懐中電灯を手に中に入る。建物内は結構荒れていた。歩くたびに自分の足音が不気味に響く。

誰かのいたずらか、受け付けには引きずり出されたカルテがまき散らされていた。隅に空っぽの下駄箱があり、その近くの本棚は倒され、絵本が床に何冊か散っている。

私は、左手の石を握り締めると、診察室に踏み込んだ。

大きなガラス戸の玄関から光が届かなくなったせいで、診察室の中は物が真っ黒なシルエットにしか見えない。懐中電灯の光が棒のように見えた。

(ひどい臭い……薬の臭い?)

私は診察室の中をさっと左右に照らしてみた。

さすがにパソコンは持って行ったらしく、懐中電灯の光の輪の中に照らしだされた医者の机には、イスが逆さに置いてあるだけだ。部屋の隅にはどういうわけかベッドのマットやマクラに毛布、クッションなどが山になって積み上げられている。

その横に、L字型の体重計があった。古い銭湯や体重測定で使われていそうな物だ。その上にはもう石がいくつか乗っている。

(本当に、これで願いが叶うのかな)

懐中電灯で腕時計を確認する。電波時計なので狂ってはいないはずだ。

私は石を横に置いて、懐中電灯を持ったまま体重計に手を合わせた。まるでこの道具がご神体か何かでもあるかのように。

リョウとの仲が直りますように。ヤスタカが目の前から消えますように。

時間を見計らって、私は石を体重計の上に置いた。針を動かすバネの音と、ライターを点けたような音。視界の隅が明るくなる。

「え?」

寝具の山に火が灯っていた。火はあっという間に広まり、煙が膨れ上がる。誤って髪の毛を焦がしたような臭い。

そして、それこそ悪霊が出しそうなうめき声が湧き上がった。

私は、出口に向かって走り出した。

背を向ける一瞬、煙の中に人影が見えたような気がした。煙よりも黒い人影の、肩や肘、頭に炎がゆらめいている。そしてその人影は、もがき苦しんでいるようにも、喜びに踊っているようにも見えた。

その火は、建物を半分ほど焼いて消火された。

二人組の警察が下校中に声をかけて来たのは、それから数日後の事だった。

「あなたがミナさんですね? 実は、病院の火事についてお話が……」

公園のベンチに腰掛け、私は、目の前に立つ警官達の話を聞いていた。背の高い方の警官がもっぱら話をして、もう一人がメモを取っている。

「焼け跡から、ご遺体が一つ見つかったんですよ。それが、ヤスタカさんだと分かりましてね」

「え……」

あの人影はきっと何かの見間違いだ。そう自分に言い聞かせていたのに。

ズキズキとこめかみが痛む。あの時の光景は、比喩ではなく夢に見た。そして、まだ鼻の奥に薄く残っているような、人間の焼ける臭い。そしてうめき声。

ひょっとして、もうつきまとわれませんように、という願いが叶ったのだろうか？　でも、ヤスタカを殺してくれとまで頼みはしなかった！

「あなたは、ヤスタカさんにしつこくつきまとわれていたようですね」

「で、でも、私、火をつけてなんかいません！」

「もちろん、あれは自殺です。遺書がありました。ただ、その……」

そこで警官は言いにくいように言葉をいったん切った。

「ただ、あの体重計に仕掛けがあったのは知っていましたか？」

なんだかイヤな予感がして、鼓動が速くなった。

「仕掛け？　仕掛けってなんです？」

「実は、あの体重計にはセンサーが仕掛けられていたんです。重さが増えると作動する物が。そしてヤスタカさんはガソリンを被って、着火装置を持って毛布の山に隠れていた。あのお呪(まじな)いには時間が指定されていた。待ち構えるのも簡単でしょう。そしてあなたが石を置くと、センサーと連動して着火装置が作動するというわけです」

じゃあ、そのスイッチを入れたのは、ヤスタカに火をつけて殺したのは、私……？

私はその場で吐いた。手と足が震え、自分の物ではないように止められない。

鼻の奥の臭いがまた強くなった。そして煙の中でうごめく人影。

「その様子では、知らなかったようですね」

「でも、なんで、なんでそんな事……」

「あなたが想いに応えてくれなかったからと、遺書にはありました」

自分の想いに応えてくれないなら、せめて忘れられたくなかった。自分の手で殺した人間は、一生心にこびりつくだろう。そう遺書にあったと警官が教えてくれた。

だとするなら、ヤスタカの狙いは当たった。あの臭い、声、もう忘れられそうにない。


それから、どんな物もガソリンと肉の焦げる臭いがして、ろくに食事ができなくなった。夜は眠れず、薬を使って無理に眠れば、あの踊る影の悪夢を見る。リョウに連絡する気もなくなり、リョウからも連絡はこなかった。事実上自然消滅だ。

しばらくして、お節介な友人がリョウとユキが付き合い始めたと教えてくれた。私に体重計のお呪いを教えてくれたユキ。彼女は、ヨシタカと顔見知りだったらしい。

ああ。そういうことか。私は、それでなんだか色々分かってしまった。

殺されれば忘れられない。ヤスタカが思いついたことなのか、ユキがそそのかしたのか、それは分からない。ただ何となくユキが言い出したのだろうとは思う。多分、ユキはリョウの事が好きだったのだろう。だから、私の事がジャマだったんだ。だから、私を壊そうとした。ヤスタカと手を組んで。

ひょっとしたら、ヤスタカとユキは私がお願いするより先に、体重計のお呪いをしたのかも知れない。すべての企みがうまくいきますように、と。

電話番号564のbox

りんご

【電話box】
その電話BOXは有名だった。
564の番号にかければ、どこかへ繋がる。

「誰を殺す？」

そう尋ねられるのだとか。
そこで殺して欲しい人の名前を言えば、数日後、その相手は死ぬのだと。
こういった話にはもちろん嫌なオチがある。
「何をくれる？」
願いがかなったあと電話がかかってくるのだ。
どう答えてもその結末は不幸にしかならないのだとか。
それでも、今日も誰かがそこで電話をかける。

【恋】


「誰を殺す？」

その声は電話からしているとは思えない程生々しかった。

直接耳元で囁かれているかのよう。

「　、あの子を殺して」

あたしは頼む。

許せなかった。

親友だと思っていたのに、あたしの彼氏を奪った。

「許して」

そう涙ぐみながら打ち明けられて、ゾッとした。

「惹かれる気持ちを抑えられなかったの」

あの子をかばうように隣に立つ彼氏も許せなかった。

「俺が悪いんだ」

何それ、この二人、気持ち悪い。

信じていた人間を裏切って、何ロマンチックな気分に浸っているの？

吐き気がした。

何を言ったところで、あたしがどう傷ついたところで、

この二人はそれをスパイスにして燃え上がり、くっつくのだ
あたしはあの二人に何も言わず、立ち去った。
そしてこの電話ＢＯＸにやってきた。
本当に殺してくれるの？
そして、５６４を回したのだった。

「誰を殺す？」

その言葉に迷いなくあたしは答えた。

「　、あの子を殺して」

憎い女の名前を。

電話は切れた。


数日後、あの女は死んだ。

車にはねられて。


「何をくれる？」

あたしの携帯からソイツが尋ねた。

「　」

あたしは元彼の名前を言った。

こうすることに決めていた。

これで憎い二人を葬れる。

電話は切れた。

あたしを裏切った男は数日後自殺した。


「聞いた？」

「聞いたよ〜、あれでしょ、許されない恋を成就させたのに、彼女が死んでしまってそれを追いかけてなくなる彼氏の話でしょう」

今日もあたしの周りでそんな話が飛び交う。

あの自分勝手な二人の恋は、ロマンチックな恋として語られている。

あたしの周りで。

「親友の彼氏に惹かれるのを止められない」

「先に出会っていたなら、恋に落ちていた二人だったのにね、彼女より先に出会っていたら」

「それでも恋を成就させたのに、彼女が死んでしまって」

「彼はそれを追いかけた」

そんなロマンチックな話になってしまった。

裏切られたあたしの傷など、誰もかまいはしない。

だって、死人を悪者にはしないから。


あたしは物語の間抜けな脇役になった。

あたしの傷はとるに足らないものとなった。

人を殺したいとまで思った傷なのに。


誰もが二人をもてはやす。

だから、今日あたしが死ぬのは、あたしの傷が殺されたせいなのだ。


あたしは飛び降りた。

そして、あたしの死を誰も語りはしなかった。

【嫉妬】

「誰を殺す」
耳元にその声の息さえ感じられた。
俺はあいつの名前を告げた。
俺が立ち上げた企画だった。
あちこちの部署に頭を下げ、泣きつき、協力を取り付けた。
必死で頑張って、後は実行する段階になってアイツが横から企画をかっさらった。
どう上に取り入ったのかは分からない。
「ここまでご苦労様」
その一声で俺はプロジェクトから外されていた。
全てのそこまでの手柄はアイツのものになっていた。
上に取り入るのが上手いだけで、俺の苦労の全てを奪うのか。
俺の企画だ。
俺の俺の。
あんなヤツ、死ねばいい。
だから俺は噂の電話ＢＯＸでソイツの名前を告げた。

電話は切れ、数日後ソイツは女に刺されて死んだ。


「何をくれる？」

携帯にかかってきた声はそう言った。

やはり、直接耳元で語っているかのような生々しさがあった。

俺は答えた。

「あのプロジェクト」

俺の手から離れたプロジェクトなど、めちゃくちゃになってしまえ。


俺は再度そのプロジェクトの責任者に再任された。

嫌な予感がした。

アイツはプロジェクトをむちゃくちゃにしていた。

全てがデタラメになっていた。

このままアイツがあのプロジェクトの指揮をとっていたならば、アイツが失脚したのは間違いなかった。

でも、今はオレが責任者だ。

必死で頑張ったが、もう、どうすることも出来なかった。

社運をかけたプロジェクトは失敗し、オレは会社を追われるハメになった。

何もかもが上手くいかなかった。

新しい仕事も見つからない。

妻とも離婚した。


オレは疲れていたのか、それとも……。

オレはホームからやってくる列車に向かって飛び降りた。


【夢】

「誰を殺す？」

耳元で囁かれるような吐息を受話器から感じた。

私が死んで欲しい人は決まっていた。

私はその名前を告げる
「　」

死ね。

私の夢のために死ね。


私の夢は美しかった。

私はこの国に絶望していた。

強い者が弱い者を奪うだけの国。

私が一番嫌いな者は生まれつき良い地位に生まれただけで、その力を自分物だと思う連中だった。

そんな連中のいない世界を作りたい。

もっと暖かな、美しい世界を。

国では無理だ。

でももっと小さなコミュニティーなら可能ではないか。

私は私一人から始めた。

過疎で人がいなくなった村に一人住むことから始めた。

すべて、自給自足。

新しい国を作る。

一人、また一人集まってきた。

助け合い、過酷な冬を越えて、危険を越えて、農作物の不出来に泣かされながら。

私達は新しい社会を作っていった。

楽ではない。

でもそこには、全ての人々が頼り頼られる社会があった。

私達は、医療すら拒否した。

既存の全てを拒否し、自分達だけでやっていった。

自分達で学校も作り、僅かな子供達を教えた。

下らない外の社会についておしえたりはしなかった。


ソイツは爽やかにやってきた。

子供達を国の学校に行かせるとかいった話からだった。

私の話を否定せず、かと言って賛同もしたふりもしなかったので、何となく許してしまったのが間違いだった。

明るい笑顔で、村の手伝いなどもしだして。

外の人間であることを人々が忘れるようになってしまった。

毒は甘い菓子に混ぜて与えるのが有効なのは分かっていたのに。

気がつけば毒は村に蔓延し始めていた。

子供達は村の外学校に通い始め、自分達が貧しいのではないかと思い始めた。

病気になれば外の病院に通うようになり、村人達は自分達が持っていないものについて考えるようになってしまった。

せっかく捨ててきたものに皆がとりつかれ始めた。

あの男だけは許すわけにはいかなかった。

あの男だけは。

私は外にいたときに聞いた話を思い出した。

長い距離を歩きここまできた。

そして電話をかけたのだった。


男は死んだ。

雪ふる山を越えてくるのに、車を峠で滑らせて。

村人達は泣いたが、私は嬉しかった。

これで、ここはまた楽園になる。

誰も何も持たないこと。

お互いしかないことこそが、人間が人間を重んじる理由なのだ。

ここで病気になれば死ぬかもしれない。
でも、誰もが心から喪われることを惜しんでくれる。
ここで生きることは楽ではない。
でも、生きる意味など見失ったりはしない。
日々行きていくことの大切さなど、厳しい自然が教えてくれる。
ここは楽園だ。

私には電話などないから再びかかってくると言う電話なども怖くなかった

私は座って少し休もうと思った。
やはりあの男が消えてから村は元に戻りつつある。
ここには楽園が出来る。
私の夢だ。
私は地面に手をついた。
何かに触れる。
私はそれを何となく手にした。

それは泥だらけの携帯で。

おそらく、死んだ男が落としたもので。

そう言えば、この上の道から落ちて男は死んで。


鳴るはずのない携帯が鳴り、声がした。

「何をくれる?」


私は携帯を投げて逃げ出した。

そう、答えなければいい。

それだけのことだ。


「何もくれないなら、元に戻そう」

直接耳元で声がした。

慌て横をみたが、誰もいない。


元に戻す、どうやって?

死んだ人間は生き返らない。

もう、あの男は灰になっている。


茂みの向こうで何かとがガサッと動いた。

それはゆっくりと起き上がった。

首は折れ皮膚一枚で胸にぶら下がっていた、手足もありえない方向に曲がっていた。

にもかかわらず、それは立ち上がった。

車から飛び出した時に木の枝にさかれた腹から腸が飛び出していた。

「そう、元には戻らないけど、戻されたんだよ」

垂れ下がった首が唇を動かし、そう言った。

「こんな姿で返されたんだよ」

それは、カクンカクンと、折れ曲がった手足でこちらに向かって歩いてくる。

「戻ってきたんだよ」

ソレは私の前にいた。


私は絶叫した。

小さな実験的なコミュニティーの指導者が発狂し、そのコミュニティーが解散したことはちいさな記事にはなった。

医療、社会保障、全てを拒否していた彼らの存在少しは知られていたからだ。

彼らが目指した楽園についての是々非々はしばらく話題にはなった。


【自殺】


「誰を殺す？」

尋ねられた。

その声は耳元で囁かれているよう。

ああ、本当だったんだ。

私は思った。

私は答えた。

「私を殺して」


自分では死ねなかった。

でも、死ななければならなかった。

夫が死んで六年。

可愛い十六才の娘は難病で。

痛みを訴える娘に効く薬は、まだ国が認可していない薬しかなくて。

保険がきかない薬は高額で。

でも、痛い痛いと泣く娘のためには必要で。

気がつくと借金の山だった。

これ以上は無理で。

でも、娘はこのままでは苦痛の中でしか生きていけない。

他の少女達が華やぐ中で、娘だけは苦痛の中だなんて。

私は万が一のために保険にだけは入っていた。

私が死んだ後も、娘が生きていけるように。

その保険金がおりれば、借金を返して、五年くらいは薬と生活費として娘が生きていけるくらいのお金になる。

薬が認可されるには後数年だと先生は言っていた。

間に合うかもしれない。

とにかく、もうコレしかなかった。

私を殺して欲しい。

自殺ではない形で。

「私を殺して」

私は言った。
耳元で誰かが笑った気がした。
電話が切れた。

その後、何も起こらなかった。
むしろ、起こったことは良いことだった。
娘の薬が認可されたのだ。
こんなに早くなるなんて、と医師の先生方も首を傾げていた。
なんでも良かった。
これで娘は苦痛なく生きられる。
借金の方も、私と娘を見てきた方達が支援してくださり、なんとかなった。

ああ、よかった。

私はホッとした。

その時電話がなった。

「何をくれる?」
携帯から声がした。

私は悟った。
コイツは確かに
「死にたがっていた私」を殺したのだ。
今の私は死にたくはない。

でも。
これは対価なのだ。
「今の私をあげる。娘を助けてくれてありがとう」
私はお礼を告げた。

誰かが笑った気がした。

だから私今、工事現場の前を歩いていて、上から鉄材が崩れてきているのが見えるのだけど、それほど恐れることはなかった。

ああ、良かった。

押しつぶされる身体
苦痛の中でもそう思った。
願いはかなったのだから。

誰かがまた笑った気もした。

【ゲーム】
「誰を殺す？」
その噂は本当だった。

受話器からの声は息遣いさえ耳に感じるほどだった。
面白い。
私は答えた。
「　」
それほど恨みはないが、仕事の邪魔ではある男の名前だった。
殺す必要も実はないのだが、まあ、消えてくれればありがたい。
私の目的はこの怪異を出し抜くことにあった。

私は人を出し抜いて上に登ってきた。
ルールを精緻に検証し、そこの穴を探し出し、人を出し抜く。
これこそが全てだ。
だからこの話を聞いた時思った。
簡単じゃないか、と。
怪異を出し抜いたなら面白いと。
受話器の向こうでこちらの考えを見透かすように笑う声が聞こえた気がした。
頼んだ男は自動車事故で死んだ。

ゲームには犠牲がつきものだ。

私は次の電話を待つ。

携帯が鳴り、声はささやく。

「何をくれる？」


私は答えた。

「お前だ」


さあ、完璧な答だ。

どうする？


電話の向こうでソレが笑った。

笑い声が止まらなかった。


そして、優しい声がした。

「ありがとう」

次の瞬間、私は携帯の中へと引きずり込まれていた。
ソレは自分を手に入れ、そこから自由になり、
私はソレがいた場所に閉じ込められた。

私は今はゲームをしている。
相手を出し抜く為の。

「誰を殺す？」
私は囁く。

いつか私に私を返してくれるものが現れるまで。

運命を信じたなら

松本エムザ

運命の人

Ｋ美が既に他界していると知ったのは、里帰りの際久しぶりに小学校の同級生と集まった席でだった。

中学進学時に地元を離れたＫ美の行方は誰も把握しておらず、担任だった教師の退職祝いにと企画したクラス会のためにＫ美の消息を追ったところ、幹事がＳＮＳでＫ美の妹を見つけ出し連絡を取り、彼女が二十代の若さで命を落とした事を伝えられたのだと。

過労とうつ病が引き起こしたと思われる、心筋梗塞が死因だった。

Ｋ美は、明るくおっとりとしていていつも温和な少女だった。そんな彼女がいったい何故そんな事にとショックを受けたが、せめてお墓参りでもさせて貰えればと、妹さんに連絡を取る事にした。

「お久しぶりです」

あの頃、私とＫ美の姉妹は同じ書道教室に通っていて妹とも顔見知りだった。Ｋ美のお墓はご両親の地元の離島に眠っていると聞き、すっかり大人の女性になった妹のＷ子さんとは都内の喫茶店で会った。

「姉の『運命の人』の話を、ご存じですか？」

久しぶりの再会を喜びあう間もなく、W子さんは硬い表情のまま切り出した。

「『合わせ鏡』の都市伝説の」

『鏡』と言われて脳内に甦ったのは、K美の家にあった、お母さんの嫁入り道具だと言っていた三面鏡の鏡台だった。

「午前零時に合わせ鏡をして映り込んだ無数の像の中に、未来の結婚相手が見えるんだって」

そんな噂が、当時のクラスの女子達の間で話題になった。

「ウチのお母さんの鏡は、合わせ鏡が出来るよ。泊まりにおいでよ」

K美に誘われ、私は興味津々で「行く行く！」と喜んでお泊まりセットを持ってお邪魔したのだ。

……そして真夜中、私達は二人で布団を抜け出して、時計が午前十二時を示した時、まずはK美が閉じられていた三面鏡の扉を開いて中を覗いた。

「……あ！　誰かいる」

「え!?　どこどこ？」

K美の言葉に、私も慌てて鏡に映る無数の像の中を探す。

「ほら、あそこ。一番奥の鏡に」

そう言ってK美は指をさしたが、どんなに目を凝らしても、鏡の中には頬を上気させて興奮しているK美と、ぽかんとバカみたいに口を開けている自分の姿しか見つけられなかった。

「あの人が、私の『運命の人』なんだ」

うっとりとして呟いたあの夜のK美は、ずいぶんと大人びて見えた記憶が残っている。

「そいつが、姉の人生をメチャクチャにしたんです」

「どういう事?」

「姉は、その後も何度も夜中に鏡を覗いては『運命の男』の姿を確認していました。そしていつかどこかで、実在の彼に出会えると信じていました。そして姉が大学生になったとき……」

その日、アルバイト先の飲食店から、K美が興奮して帰ってきたそうだ。

「ついに会えたの! 運命の彼に」

店に現れた客が、鏡の中の男と瓜二つだったのだと言う。

K美は運命の人を逃がしてはならぬと猛アタックを仕掛け、晴れて二人は交際を始めるようになった。

「私も一度、子供の頃に姉と一緒に合わせ鏡をして、姉の言う『運命の人』の姿を見た事があったんです。姉に紹介してもらったその彼は、確かに鏡の中の男とそっくりだったんです。でも……」

K美と彼の交際が順調だったのは最初の数ヶ月だけで、K美の様子は徐々におかしくなっていった。

男に暴力をふるわれているらしく、K美の身体にはアザやケガが絶えなくなっていった。ギャンブルが趣味の男に貢ぐために、K美は身を粉にして稼いだ。大学も辞めてしまい、男の為にだけ日々を過ごした。

K美の目を覚まさせようとした両親やW子の説得にも耳を貸さず、最終的には彼女は自宅を飛び出してしまった。

そして音信不通になって数年後、K美のご両親に届いたのは、愛する娘の孤独死の報せだった。

「あの男は、姉からお金を搾り取れるだけ搾り取って、ゴミみたいに捨てたんです」

風俗店を幾つも掛け持ちして働かされていたK美の身体は、可哀想にボロボロになっていたそうだ。

男の行方は分かっていない。

合わせ鏡が見せた男の姿は、確かにK美の『運命の男』だった。ただし、それは『運命を狂わせる男』――――。

「絶対に、仇を取ってやろうと思ってるんです」

既に興信所に男の居所を調べさせていると、W子さんは言う。

「でもW子さん、貴女も合わせ鏡の中にその男の姿を見たんだよね？　じゃあ貴女にとっても、もしかしてそいつは『運命を狂わせる男』になってしまうんじゃないの？」

瞳に怨みと怒りの焔を宿らせたW子さんにそれを伝えるべきか否か、迷いながら——あの夜、鏡の中に誰の姿も見えなくて良かったと、私は深く感じていた。

守られなかった校則

松本エムザ

「ちょっと不思議な話があるんだけど」

いつもの飲み会、いつものメンバー、いつもの私の「なんか怖い話しない？」の問いかけに、S子が声を落として切り出した。

これはS子の会社の後輩の学生時代の話。仮に彼女の名前を『亜紀さん』としよう。


『午後六時五十分以降のバスに乗ってはいけません。必ず保護者に迎えに来てもらう事』


亜紀さんが入学した高校の生徒手帳には、そんな一文が書かれていた。

地方都市の公立高校。駅からは随分と離れた田んぼの中に位置するその高校では、生徒は主に自転車かバスで通学していた。

六時五十分は、校門近くから駅に向かうバスの最終バスの時間だ。それ以降に発着するバスは、時刻表には存在しない。

なのに何故、わざわざ生徒手帳の校則欄に書くのだろうと不思議に思ってはいたが、バトミントン部に所属していた亜紀さんは練習が遅くまであり、雨の日も風の日も自転車で通っていたので、バスに関する校則の存在はすっかり忘れていた。


そんなある日、部活中にクラスメイトで仲の良い友人でもある奈々子さんが足をくじき早退することになった。いつもは亜紀さん同様自転車通学の奈々子さんだったが、足の腫れが引かなかったので、その日は自転車を置いてバスで帰ると言う。教室まで付き添った亜紀さんは、

「まだ終バス、ぎりぎり間に合うね」

壁の時計を確認し、奈々子さんの荷物を持ってあげるとバス停まで見送りについて行った。


二人がバス停に着くと、丁度終バスが発車しようとしている所だった。

「すみませーん！　乗りまーす！」

亜紀さんは、バスに向かって大きく手をあげ発車を止めると、奈々子さんに肩を貸し乗車口まで送り届けた。

「亜紀、ありがとう。また明日ね」

「うん、痛むようだったら病院に行きなよ」

バスの扉が閉まり、エンジン音を立て走り出したその時、

「……え？」

亜紀さんはバスの車内に、妙な違和感を感じた。走り去るバスの中、乗客だと思っていた人影は、本当にただの黒い『影』だった。

「なに？　アレ……」

光を全て吸い込むようなドス黒い塊に囲まれて、奈々子さんだけが色鮮やかに存在し、亜紀さんに笑顔で手を振っている。

亜紀さんの脳裏に、生徒手帳の一文がよみがえった。

『午後六時五十分以降のバスに乗ってはいけません』

反射的に校舎を振り返る。

校舎の中央、掲げられた大時計は、既に七時半を示している。

「どうして？　教室を出てまだ五分も経っていないのに……」

急いで戻って確認すると、教室の時計は電池切れで止まっていた。

「じゃあ、あのバスって……」

亜紀さんは、妙な胸騒ぎが止まらなかった。

「で、奈々子ちゃんは、その謎のバスに乗ったまま行方不明になっちゃったとか？」

私はS子の話の先を読み、そう尋ねた。

よく聞く話ではある。『死のダイヤ』とか『地獄行きのバス』だとかの類で。

「それがその奈々子ちゃん、次の日フツーに登校してきたっていうのよね」

「何それ？　じゃあどこが不思議なの？」

彼女は何事もなかったように登校してきた。

だが、明らかに以前の彼女とは、様子がすっかり変わってしまっていたと言う。

「まずね、言葉遣いがすごく丁寧になったんだって。それと字もキレイになった。あと苦手だった日本史が、びっくりするくらいに好成績になったんだって。そのバスに乗った夜以来、いきなりね」

亜紀さんは友人の突然の変化にとまどったが、何より彼女を怯えさせたのは部活の大会での打ち上げでの奈々子の振る舞いだった。

「打ち上げは焼肉屋さんだったんだけどね、その子ほとんどナマ焼けの肉を、ガツガツ食べ続けていたんだって。お肉が苦手だったはずなのに『血が滴るくらいが美味しいわよね』とか言って」

怖くなった亜紀さんは、これからは奈々子さんとは距離を置くようにしようと考えていたところ、彼女はいきなり部活も学校も辞めてしまった。

家族で他県に引っ越してしまい、詳細は何もわからなかったが『どうやら妊娠したらしい』という噂が飛び交った。

「奈々子に彼氏なんかいませんでした。そういった行為だって怖がってたし、私どうしても信じられなくて」

亜紀さんは今でも悔やんでいると言う。

「あのバスが奈々子を変えてしまったんです。奈々子があのバスに乗らなければ」

『午後六時五十分以降のバスに乗ってはいけません』の校則は、過去にも何かバスにまつわる事件・事故があった故に生まれたものなのかもしれないと、S子から連絡を取ってもらい、その高校に取材の申し込みを試みたが「そんな校則は存在しません」と、あっさり断られた。

『学校の七不思議』的に聞き伝えられたものを、亜紀さんが脳内で『生徒手帳に書かれていた校則』と変換してしまったのか、あるいは奈々子さんの身に『何か』をもたらした『バス』の存在を、学校側が公にしたくないのか。

当の亜紀さんは「絶対あった。学校は何か隠してる」と断言しているが、残念な事に肝心の生徒手帳がもう手元にはないそうである。

奈々子さんが、どこかで無事に暮らしている事を祈るばかりである。

呪いの自販機

田丸哲二

一章　真夜中の自販機

田園都市線での乗り継ぎ、横浜線の終電に間に合わずに一駅の距離なので長津田駅から歩いていた。

会社を突然退職した先輩と三軒茶屋で飲み、酔っ払って会社の愚痴とバカ話で盛り上がった果ての酔い覚ましコースである。

そして２４６号線を横断する歩道橋を渡り、住宅街をふらふらと歩いている時それに出くわした。

それは夜の闇の中で異様に輝いていた。

『いいか。それはパチンコ屋の照明みたいに通りを煌々と照らしているんだ』

日本酒の冷酒を飲みながら、先輩が言っていたセリフである。それを思い出した。

酔いで浮かれた心が笑いを誘う。

サーカス団の魔術師がその横に立って手招いているのを想像した。

『その自販機は人生に迷った人間を誘うように真夜中の通りで誰かを待っているんだ』

三軒茶屋の赤鬼というレアな日本酒が置いてある居酒屋。そこの常連の先輩の名は田仲実。自分は制作部だがこの営業部の先輩にはよく飲みに連れて行ってもらっていた。

「どうしたんです。突然退社なんて、しかもこれが送別会なんですか？」

「俺は首みたいなもんだ」

先輩が辞めるのは会社の幹部と何かトラブルがあったためだという噂が流れていた。そんな一大事だったのだろうか？

「詳しくは話せない。お前に迷惑がかかるかも知れないからな。ただ、一つだけ恐ろしい都市伝説を教えてやる」

「な、何ですか？　突然、話変わりますね」

「パラコート毒殺事件ってのを知ってるか？」

「いえ、何ですかそれ」

先輩はその話の途中で冷酒から熱燗を注文して、お猪口を二つ貰ってテーブルに置いた。

「なんで缶ジュースがプルタブ式になったか知ってるか？」

「便利だからでしょ」

「馬鹿か。一九八五年に起こったパラコート事件のせいなんだよ」

(現在ではプルタブ式から、ステイオンタブ式になってフタが取れないようになっている)

先輩の話では、当時ジュースはビン詰めしかなく、そのフタは未開封かはっきりとは見分けがつかなった。

その盲点を利用した犯人はパラコートという除草剤をビンに混入して、自販機の受け取り口に入れて置いたのである。

買った者は一本得したと思って持って帰る。その心理を利用した犯罪である。

「死者十二人。犯人は捕まらず、迷宮入りになった」

「怖いですね。でも今の自販機は安全でしょ」

「ところがだ。その犯人は去年自殺したらしいんだ。そして悪霊となり、毒入りのドリンクを自販機に仕込んでいる。今も無差別殺人を繰り返そうとしているのさ」

先輩はそう言って大笑いしていた。

テーブルの近くにいた客も面白そうだと盛り上がり、もしそんな自販機があったら運試しに買ってやると生ビールを飲み干した。

僕も、同感です、と頷いて笑っていた。

しかし、先輩はあんな話を最後にして僕に何を伝えたかったんだろう？

僕は喉の渇きと好奇心で、そのひっそりとした通りにある自販機に近寄った。

風は生暖かく、青い月は濁った夜に霞んでいる。

新品の機種なのか、ピカピカとしていて正面の電光掲示板がルーレットのように輝いて回った。

「ロシアンルーレット？」

僕は思い出し笑いをしながらコインを入れた。

酔い覚ましにと冷たい缶コーヒーのボタンを押す。

すると、ルーレットは点滅して高速で回転してからゆっくりと止まった。

ただそれだけ。

出てきた缶コーヒーを取りだし、一応匂いを嗅いでから一口だけ飲んでみた。

甘く苦い香りが先輩との別れの味となって心の中に染み渡った。

そしてそれを飲みながら歩いていると、背後で何か軽快な音がした。

驚いて振り向くと自販機のルーレットがピコピコし、コロンと飲み物がもう一本出てくる音がした。

僕は何か気味が悪くなって、そのまま逃げ出したのである。

二章　毒のドリンク

翌日の朝、僕は軽い二日酔いで会社に出勤した。真夜中の通りの恐怖体験は夢みたいな記憶しかない。

走って逃げたその恥ずかしさの方が心に残っていた。

そして、自分から聞く必要もなく先輩が退職した理由の話題が耳に入ってきた。

「田仲さんと吉田部長って犬猿の仲だったからね」

「どういうことすか？」

「俊哉くん。知らなかったの？」

給湯室でお茶を入れていた事務のおばさんが教えてくれた。それはとんでもない事件だった。

「仲が悪いのは知ってたけど。そんな揉めてたんですか？」

「だから、殺人容疑をかけられたのよ」

「えっ？」

その古株の事務のおばさんによると、吉田部長が出社するとデスクの上に缶コーヒーが置いてあったそうだ。

誰かが気を利かせて眠気覚ましに置いてくれたのだと思って飲もうとしたが、変な匂いがしたらしい。

「除草剤が入ってたんだって」

「う、嘘でしょ？」

「あんたに嘘言ってなんになるのよ。その嫌疑をかけられて田仲さん辞めたのよ」

「認めたんですか？　田仲さん」

「監視カメラに映ってたのよ。毒が入ってたかは知らなかったと言ったらしいけどね」

僕は呆然として自分の席に戻った。

先輩が昨夜都市伝説の話をしたのは会社でそんな事件があったからだ。


「恐ろしい都市伝説を教えてやる」


先輩は呪いの自販機で買った缶コーヒーを吉田部長に渡したんだ。

もちろん、それに本当に毒が入っているとは思ってなかった。

冗談半分で飲ませてみようしたら、大事件に発展してしまったのだろう。

僕はあのゾクゾクとした真夜中の通りでの恐怖体験を思い出していた。

立ち去ろうとした背後で、自販機の電光掲示板が点滅してコロンと飲料物を吐き出した。

あれが毒入りドリンクだったかは不明だが。

きっと先輩はそれと同じようなシチュエーションになり、引き返して出てきた缶コーヒー持ち帰ったんだ。

吉田部長のデスクにあった缶を調べてみれば、それが完全に密封された状態だったと分かるだろう。

何故なら、その毒は呪いで混入されたからだ。

僕はいたたまれなくなって、営業部へ行って吉田部長にその事を話そうとした。このままでは先輩は退職金も出ないだろう。

最悪の場合、過去の連続毒殺事件の汚名も着せられるかも知れない。しかし、なんて言えば分かってくれる？

「すいません。ちょっと営業部へ行って来ます」

僕は担当上司にそう報告して席を立ったが、電話中だった制作課長に引き止められて更に衝撃的な事を告げられた。

「伊藤くん。ちょうど営業部長から電話だ」

「えっ？」

「田仲さんが亡くなったそうだぞ」

「はっ？　う、嘘でしょ？」

「とにかく、代われ。お前に頼みたい事があると吉田部長がおっしゃっている」

「わかりました」

そして僕が電話に出ると部長は事務的な感じでこう告げた。

「昨日、当社を退職した田仲くんが自殺したとの連絡があった。悪いが君、様子を見に行ってくれないか？　会社としてはもう関わりたくないんだ」

信じられない出来事が昨日から連続して起こっている。僕は吉田部長に何も説明できないまま、慌てて先輩の家へ行くことになった。

しかし、なぜ自殺したんだ？

昨夜はそんな素振りなど全然なかったし、知り合いの会社に誘われているので転職の心配はしてないと言い切っていた。

「もしもし、奥さんですか？　会社でお世話になっていた伊藤俊哉です。先輩が自殺したって本当なんですか？」

僕はタクシーに乗るとすぐに登録してあった先輩の携帯に電話した。奥さんの明美さんとは面識はないが、電話で何度か話したことがある。

明美は書斎のデスクに座ったまま死んでいる夫を見ながら電話に出た。

机の端に置いてあった夫の携帯が鳴っていたので、リビングから来て取ったのである。

「伊藤さん？　ええ、主人は死にました」

デスクには緑色の汚物が一面に広がっている。

その汚物の中で田仲実はうつ伏せになり、顔を横に向けて緑の舌を口から垂らし、酷い死に顔を半分だけこちらに見せていた。

デスクには紙片が一枚あり、そこに最期のメッセージが書かれてあった。


【毒のドリンクは二本あった。それも数時間後にその毒に呪われる】

三章・呪いの期限

主人が亡くなったのは午前十時頃。朝食は二日酔いでいらないと言われ、犬を散歩に連れて行って帰ると書斎で死んでいました。

驚いて救急車を呼んだのですが、死んでいるのなら警察に連絡するように言われました。そして、そのメッセージを見て会社にも電話したのです。

「それが伊藤さんへの伝言だと思ったので」

奥さんは僕がタクシーで家の前に着くとリビングに通してそう言った。

書斎では警察が現場検証をしているので、詳しいことは後で話すと言った。

警察は奥さんに一時間ほど事情聴取をして、僕にも色々と質問したが会社を解雇されたのと除草剤のボトルが部屋で見つかったので自殺と考えていた。

呪いの自販機で毒の飲料物を飲んで死んだなんて普通は思わない。

しかし、遺体は病院に運ばれ検死される。解剖すれば何か不思議な事実が判明するかも知れない。

警察は自殺と断定されれば葬儀ができますからと述べ、先輩の遺体をブルーシートに包んで持って行った。


「どういうことなんですか？」

ようやく二人だけになりそう聞くと、奥さんは書斎を見てくださいと言って僕を案内した。奥の部屋の先輩専用の書斎。そこが自殺現場である。

その書斎に入るとすぐに本棚が壁全面にあり、その一角にオカルト的な呪いの書物とパラコート殺人事件に関する資料が並んでいた。

別の棚には旧ボトルのコーラ・栄養ドリンク・缶コーヒーなどが置いてあり、パネルボードに当時の事件の記事が貼ってあった。

「夫はこの過去の事件に取り憑かれていたのです」

僕が呆然としてそれを見ていると奥さんはそう言った。別の本棚には作家のハウツー本や推理小説の本もあり、先輩が書き溜めた原稿も置いてあった。

「作家を目指していたんですか？　そんなこと一言も言ってなかったけど」

「犯人探しをしてました。最初の犠牲者、和歌山に釣りに出かける途中、国道沿いの自販機で缶コーヒーと栄養ドリンクを間違えて二本も買ってしまった義父は、病院に搬送されそのまま心不全で死んでしまったそうです」

「まさか、それが先輩の父親だったんですか？」

明美は結婚してからその話を夫から何度も聞かされて覚えてしまった。狭い家に書斎を作り、子供がいないのも夫がその過去に縛られているせいだと思っている。

普段は陽気で快活な性格なのだが、書斎に入りその毒殺事件の調査に没頭している時の夫は異常に映った。

「主人は時々妄想に駆られて、誰かを疑ったりするんです。最近では会社の営業部長の吉田さんて方を犯人かも知れないと言ってました」

明美は書斎のデスクの方を見ながら語りかけるように呟いた。さっきまでそこにあった夫の死体と緑色の汚物を思い浮かべているのだ。

「なぜ、僕に教えるんですか？　メッセージのことといい、さっぱり分かりません」

「それは主人が昨夜、伊藤さんのことを心配してたからです。恐ろしい呪いの話をして後悔してたんです」

「確かに飲んでる時に都市伝説を教えてやると言って、その過去の毒殺事件の事を話してましたが。ただの酒の席の話でしょ」

僕は顔を引きつらせながら無理やり笑った。

『毒のドリンクは二本あった。それも数時間後にその毒に呪われる』

頭の中で先輩の亡霊が僕に語りかけていた。

実はタクシーの中で奥さんが送ったその写メを見せられ、脳裏にこびりついていたのだ。

なぜ、それが僕へのメッセージなんだ。

明美は表情を変えないまま伊藤俊哉をじーっと真顔で見つめた。夫・田仲実はあの自販機の呪いにかかっていた。

だから死を回避しようとしてお酒を飲んでいるうちにその秘密にすべき話を会社の後輩の伊藤俊哉に話してしまった。

「呪いは誰かに話すと、話した本人は助かると聞いたことありませんか?」

僕はそう言われてこの夫婦の異常性に恐怖を感じた。夫が死んだばかりなのに、その悲しみよりも呪いの自販機の事に意識がいっている。

「見ましたよね。呪いの自動販売機。まさか、俊哉さん飲みました？」

明美は真顔から徐々に微笑みを含んだ表情になっている。

僕は気持ち悪くなって吐き気をもよおしてきた。

確かに真夜中の通りに現れた自販機で飲み物を買った。しかし、飲んだのは最初の一本の少しだけ。

後から出てきた二本目は飲んでもないし見てもない。

「私も夫に聞かされて見たことがあります。もちろん、買わないで逃げましたよ」

僕はトイレの場所を聞いてそこに駆け込んだ。

危うく廊下で吐きそうになったが、便器に顔を突っ込むと思いっきり吐いた。

それは緑色ではなく、今朝食べたパンと牛乳と胃液だった。胃酸の味が喉を刺激して涙が溢れ出た。

なんでこんな目にあわなければならないんだ？

「ごめんなさい。少し驚かせ過ぎましたね」

明美は今更だがそう言って謝った。

そしてトイレの汚物を覗き見て流すと、涙目の僕を見下ろしてタオルを渡した。

「とにかく、気をつけてください。今は緑色じゃないけど、時間が経ってからお腹の中で毒に変わるかも知れません。主人のメッセージはそう言う意味なんです。実際、主人が飲んだのはスポーツドリンクだった。それが突然、今朝死んだわけですからね」

「嘘だ。そんな呪いなんて信じるもんか」

僕はまた吐きそうになったが、奥さんを突き飛ばすようにしてトイレを出た。

「先輩も奥さんも狂ってるとしか思えない。もう付き合ってられません。帰ります」

僕は逃げるように玄関へ向かった。

その背後で奥さんの笑い声が聞こえた。

それは泣き喚いているようにも思えたが、恐ろしくて振り返ることもできなかった。

デジャブだ。昨夜の自販機から逃げ出したあの恐怖感と同じだった。

毒殺犯の呪いがそこに存在すると思った。


そして僕は靴も履かずに手で持って外へ出た。

そのまま通りを走りながら、ただの都市伝説だと呪文のように自分に言い聞かせた。

その時ブツブツと呟きながら靴を持ってひた走る僕を見た人の目には、僕の方こそ狂っているように見えたかもしれない。

四章・呪いの結末

僕は会社へ戻るとすぐに営業部へ行き、吉田部長に報告した。その時にはもう冷静にその呪いから抜け出す事だけを考えていたのだ。

これは会議室での二人だけでの会話である。

「それで、どうだった？」

「はい。警察が来ていたので、昨日付で退職していた事を伝えておきました」

「そうか。それで恨まれたりしたら困るからな。それで奥さんは何か言ってたか？」

「いえ、気丈に振る舞ってましたよ。自殺と思われますが、葬儀は警察がその判断をしてからになるみたいです」

「まさか彼が自殺するとはな。伊藤くん、ご苦労だった。課長には早めに帰してやってくれと伝えてある」

「はい、ありがとうございます。ところで部長、突然ですがこんな都市伝説を聞いたことありますか？」

僕は呪いの自販機の話をした。飲みながら先輩から聞いた内容そのままに伝えた。

すると部長は初耳だったようで、意外にも真面目に聞いてくれた。

「その毒殺事件のことはなんとなく覚えているぞ。それに昔は缶のフタが取れて、ゴミで散らばって困ったんだ」

部長は缶のプルタブ式の時代背景まで話してくれた。それを聞き、僕は吉田部長が過去の毒殺事件の犯人であるわけがないと確信を得た。

「しかしなんでそんな話をするんだね？」

僕はもちろん呪いを解くためだとは言わなかった。

あの奥さんの嘘を暴きたかったのである。

「田仲さんはパラコートを飲んで死んだんです」

「そんな気がしたよ。除草剤入りのコーヒーを俺に飲ませようとしたんだからな」

「田仲先輩がそんな事をするとは信じられません」

僕は書斎で見た書物や壁のパネルのパラコート事件の記事、旧ボトルの陳列棚などを思い出していた。

そして写メで見せられた、緑色の液体を吐いて死んだ先輩の無残な姿。それが悪夢のように頭の中に蘇ってきた。

「すいません。変なこと話してしまって」

「いや、いいんだ。早く帰りたまえ。顔色が悪いぞ」

そう言われた時、僕の顔色は緑色に変色しているのではないかと憂鬱になった。

そして僕は定時前に仕事を切り上げて帰らせてもらった。具合が悪かったのもあるが、もうひとつどうしても早く確認したかった事があったのである。


通勤している田園都市線に乗り、長津田駅で降りて昨夜歩いた道のりを辿った。

そして、あの真夜中の通りに輝いていた真新しい自動販売機がそこに存在するか調べた。

酔ってはいたが、間違いなくその付近にあるはずの自販機はどれも昨夜見た物とは違っていた。

呪いの自販機は消えている。

僕は呆然としながらその辺を何度も彷徨い歩いた。


突然、胸ポケットで携帯電話が鳴り響く。驚いて出ると、それは警察からだった。

「もしもし、はい伊藤俊哉ですが」

「実は田仲実さんの自殺に疑わしい点がありまして、内密に連絡させていただきました」

「はい。なんとなく分かります」

僕は警察も呪いの自販機の捜査に乗り出したのかと勘違いした。

「呪いの自販機の件ですよね？」

「はっ？　呪い？」

素っ頓狂な反応に、これはしまったと言い直す。

「いえ、すいません。冗談です」

そして改めて聞かされた事は僕がまるで想定してなかった内容だったのである。

「田仲実さんの奥さんが多額の保険金を御主人にかけていた事が分かりました。それに検死で自殺とは思えない不審な点が見つかりまして。それで伊藤さんが何か知らないかと改めてお聞きしたいのですが」

妻・明美の保険金目当ての毒殺？

じゃあ——僕に残したあのメッセージは奥さんの演出だって言うのか？

しかし、あの自販機が消えているという事は逆にそれが存在していたことを意味している。

僕はアレを飲み、先輩は緑色の液体を吐いて死んだ。吉田部長はこの件には無関係で、缶コーヒーは飲んでない。奥さんは呪いの自販機は見たが買わなかったと自ら発言している。

僕は混乱して頭が真っ白になってしまった。

いや、脳内に除草剤を散布されたように緑色に染まった。

「刑事さん。呪いの自販機の都市伝説の話を聞いた事ありませんか？」

僕は今日二度目のその話をし始めていた。

昨夜飲みながら先輩に聞いたのと同じように出来るだけ正確に再現したつもりである。

「一九八五年に起きたパラコート毒殺事件で十二人もの死者が出たんです。警察官なら知ってますよね？」

「ちょっと伊藤さん。何を言いだすんですか？」

電話の向こうの刑事は当然戸惑っていたが、僕は強引に最後まで話しきった。

そしてその後こう付け加えた。

「もし貴方がこの都市伝説を聞いて、今日か明日あたりに不思議な出来事に遭遇したとします。その時、この事件の見方が変わってくるのではないでしょうか？　僕が知っているのはそれだけです」

そしてそれから一週間が過ぎたが、僕は何事もなく無事に生きている。きっと僕の一連の行動が功を奏したと勝手に思っていた。

その証拠に奥さんの嫌疑は晴れ、今日田仲先輩の葬儀も無事に終わった。奥さんは普通の笑顔に戻り、もう狂ったような発言も無くなったし、呪いの話などには一切触れることはなかった。

そして僕のマンションの一室には先輩の書斎から運び込んだ本棚の資料がそのまま再現されていた。

僕は呪いの自販機の都市伝説に取り憑かれてしまったのである。

だからひとつだけこの物語の最後に言っておきたい。

飲み過ぎて終電に乗り遅れた時、煌々と輝くロシアンルーレットのような自販機には十分注意するように。

その面

純鈍

俺は駅から南に住んでいるが、今から十年ほど前は北に住んでいた。

まだ小学生の頃の話だ。

何年生の頃だったかは忘れたが、俺は一人の爺さんと知り合った。

近所の爺さんだ。

爺さんと知り合うキッカケは俺の姉貴で、姉貴は今も昔も変わらず近所の人間と知らないうちに仲良くなっていて、いつも俺は驚かされる。

話が逸れたが、俺の姉貴が知り合った爺さんといつの間にか、俺も仲良くなっていた。

これは、その爺さんから聞いた話だ。

爺さんの話した通りに書こうと思う。

もしかしたら、怖いと思うかもしれない。

いや、怖い話なんだ。

でも、どうか聞いて欲しい。

君が間違わないために……。

＊

今日は君に本当にあった話をしようと思う。
小さい君に理解出来るか分からないけれど、これは本当にあった話なんだ。
もしかしたら、怖いと思うかもしれない。
いや、怖い話なんだ。
でも、どうか聞いて欲しい。
君が間違わないために。

私は、もともと都会の人間ではなかった。
木々の生い茂った田舎で暮らしていたんだ。
家、一軒一軒の距離が長く開いている。
そんな田舎に。

まあ、そうは言っても、そこに居たのは中学を卒業する、ほんのふた月前までだった。
普通の中学生だったんだ。
山の上の一軒家で祖母と父母、妹と暮らして居た。

妹は十一歳だった。

割りかし真面目な中学生をして三年のある日、私は体調を崩して、学校を早退した。

けれど、家に帰るためには坂道を登らなければならない。

辛うじてコンクリートの道路ではあるけれども、坂は体調を崩した私には絶壁のようで、いつもよりもノロノロと前屈みになるように登っていた。

だから、誰かと目が合うなんてことは無いはずなんだ。

でも合ってしまったんだ。


何故だと思う?


坂にお面が落ちていたんだよ。

綺麗な翁のお面だった。

人間の顔にそっくりな、にこやかな表情で、うちの死んだ祖父に似ている気がして、私は気付くとその面を手に取っていた。

しかも、不思議と体調が良くなって、私はこれは素晴らしい面だ、と思ったのを良く覚えている。

どうやって帰ったのか忘れたが、私はお面を持って家に帰り、誰にも見せずに机の二番目の引き出しに隠すことにした。

『秘密の』『特別な』『自分だけの』

そんな言葉が、私にそんな行動をさせたのだろう。


その日の夜、私は少しだけお面のことを忘れていた。

風呂から出て、もう寝ようと部屋に戻って、私は驚き、少しムッとしたように妹の部屋に向かった。

「私の部屋に勝手に入ったか？」と聞くと、妹は首を横に振り「母親と話していて、今さっき部屋に戻って来た」と言った。

それ以上は私も何も言わなかったが、妹が悪戯をしたのだろうと心の中では疑っていた。

そうじゃなければ、誰がお面を机の引き出しから出して、棚の空いた場所に立てたのか。

祖母は既に眠ってしまったし、父は書斎で仕事をしていた。

母は台所に立っていたし、妹は……母親と話をしていた。


確かに話をしていた。

じゃあ、誰が？

私は少しだけ怖くなって、部屋に戻るとお面をまた机の二番目の引き出しに入れて、今度は鍵を掛けた。

明日、元の場所に戻して来よう。

そう思って、私は眠りについた。


だが、次の朝、お面は棚から私を見つめていた。

にこやかな、やけに人間らしい表情をして、棚から布団に横になる私を見下ろしていた。

また妹が悪戯をしたのか。

鍵を寝ている私から奪って、お面を引き出しから取り出したのか。

私を驚かせようとして。

そんなこと、もう私は考えられなかった。


朝ご飯など食べずに、私はその面を持って家を飛び出した。

向かったのは、もちろん、面を拾った場所だ。

同じ場所に同じ様に置いて来た。

家に戻り、恐る恐る自分の部屋を確認してみたがお面は戻っていなかった。

学校に向かうために同じ坂を通らなければならなかったが、不思議なことに面は跡形もなく消えていた。

私は夢でも見ていたのだろうか？


その日、学校から帰って、また部屋を確認したが、やはりお面は無かった。

私はホッとして、眠ることが出来た。


しかし、次の朝、視線を感じて私は目を覚ました。

ゾッとした。

また、お面が棚から私を見下ろしていたのだ。

にこやかに笑って。


何故、戻って来てしまったのだろうか。

原因が分からない。

そして、偶然だろうか。

この日、祖母が亡くなった。

自分の布団で亡くなっていた。

にこやかに笑う様に。


私は怖くなって、面を持って近くの寺と神社へ向かった。

お札を買うためだ。

何のお札か分からないが、何枚も買った。

それを面に満遍なく貼り付けて、木の箱に入れ、手元に置いておきたくなかった私はそれを川の上流から流すことにした。


その面は私の部屋に戻って来なかった。

しかし、それから三日ほどして、風呂から出た私は母に怒られた。

玄関から私の部屋の前まで水が滴るように落ちていたのだ。

とても嫌な予感がして、部屋に入ると、棚には水に濡れたお面が飾ってあった。

にこやかな表情は変わらずに。


誰かに相談したいと思い、下に降りると妹が大泣きしていた。

母が倒れたそうだ。
ものの数分の間の出来事だった。
つい先ほど、私は母に叱られたばかり。
だが、母は帰らぬ人となってしまった。
死に顔は、またしてもにこやかで、とても不気味だった。
死因も分からない。
そんな不思議な死だった。

ただ、その面が来てから、私の家では人が死ぬようになった。
次に妹が大きな病気に掛かり、私は面をお祓いしてくれる寺に送った。
しかし、面は梱包した状態で私の元に戻って来た。
答えは「うちでは、どうしようも出来ない」というものだった。
お寺の住職には、一体、何が見えたのだろうか。
ひと月もしないうちに妹は大きな病気で亡くなった。
私は見ていないけれど、また、死に顔はにこやかに笑っていたそうだ。

私は父と二人だけになった。

父にその面の話をしたが、信じてくれず、結局、私は家を引っ越すことになった。
父も一年もしないうちに亡くなった。
交通事故だったにも関わらず、父はにこやかに笑っていたそうだ。

その後、私は一人で、あらゆる場所をたらい回しにされ、今日まで生きてきた。
周りで人は立て続けに死に、妻も直ぐに死んだ。
君ともお別れだ。
あまり私と仲良くすると君にも君のお姉ちゃんにも良くないことが起こってしまう。
もう私に会いに来てはいけない。

ただ、ひとつ、言わせて欲しい。
道で何を見ても拾ってはいけないよ？

＊

十年ぶりに爺さんを思い出して、家に行ってみたが、そこは空き地になっていた。

死んだのか、引っ越したのかは知らないが……。

そういえば、最後の日の帰り際に「その面は今、どこにあるのか？」と尋ねたら爺さんは「ここにある」と何処も指さずに言っていた。

餓鬼の頃は分からなかったが、爺さんの顔はいつもにこやかで、実はその面が、あのお面だったのではないかと今では思う。


きっと、面に取り憑かれてしまったのだと……――。

マッハ婆

快紗瑠

A県某市には、都市伝説で有名なターボ婆ならぬ、マッハ婆がいる。

何故断言できるのか?

それは、作者も。

そして、作者の友人達も目撃しているからである。


あれは免許を取得して数年後のこと。

就職も内定を貰い、単位もバッチリ。

あとは卒論だけという時期で、ぶっちゃけ調子にのっていた。

当時はドリフトやゼロヨンなんかもまだまだ盛んで、N市やS市なんかにもよく遠征していたものです。

ドリフトって聞くと、走り屋のイメージが強いかと思うんですが、ゼロヨンに比べたら、ドリフトなんて音と滑りと煙を楽しむだけ。

そんなに危ないものではないんですよ(とはいえ、スピードを出す時もありますけど……苦笑)。

なので、友人を乗せて夜走りに行く時には、基本、山奥のドリフトスポットに行っていたのですが……。

A県には心霊スポットと呼ばれる峠やトンネルが多くあるんですが、その中でも「某峠や某トンネルはヤバい!!」と言われる場所こそ、夜間は車通りが少なくて、人様に迷惑をかけずに楽しめる場所だったりするんですよ。

第一。

いくら幽霊が出るだの、事故が多いだのと言ったって、こっちは一人や二人ではないし、事故が多いと言っても、こっちは「事故上等」で走り屋をしているんだから、怖いと思う感覚なんて一切あるはずがない。

あの日もそう。

仲間とバカ騒ぎしながら、道を縫うようにうねるカーブでタイヤを滑らせ、何台も連なって車を走らせていたわけなんですが、ふと、目の端に白い物体が映り込んだんです。

「ん？」

後続車のライトがガードレールに反射したのかと思ったものの、その白い物体は、ずっとこの車と並走しているのか、一向に消えることはない。

チラチラと視界に入る度に気になって、運転に集中出来ない。

小動物がガードレールの上を走っているのかとも思ったが、そんなにスピードが出ていないとはいえ、車の速さにはついてこられない筈。

もしかしたら夜行性の鳥が低空飛行しているのかもしれないと思ったが、助手席に座っていた友人の叫び声によって、その予想は裏切られた。

「う、うわぁっ！　なんだ、あのババァッ！」

「は？」

彼の叫び声に思わず、視線をズラす。

すると、ガードレールの上を真っ白な婆が——白装束に白髪の婆が走っているではないか。

「な、なんだありゃぁぁぁあっ！」

窓なんか閉め切っているのだから、外にはこちらの声など聞こえない筈なのに、何故か、婆は皺くちゃな顔をこちらに向けると、ニンマリとした余裕の笑みを見せた。

レースではなく、ツーリング感覚のドリフトなので時速は四十〜五十キロ程度（もしかしたらもっと出ていたのかもしれない）。

車の速度としては、それほどスピードは出してはいない。

けれど、人がそのスピードで走れるわけがない。

自分の目を疑ったが、すぐ後ろについてきている車がパッシングしてくる。

バックミラーにチラリと視線を向けるが、後続車に乗っている人の表情までは見えない。

けれど、この様子だと、彼らにもこの婆が見えているのだろう。

「な、なんなんだよ。やっぱ、ここ。でるんじゃねぇか！」

「うるせぇよ！　別に呪われているわけでもねぇし。がちゃがちゃ騒ぐなっ！　事故りてえのかよっ！　それじゃぁ、婆の思うツボだぞっ」

助手席で半泣きになる友人を怒鳴りつける。

とはいえ、いつ何時、婆がこっちに襲いかかってくるかもわからない。

むしろ、このまま並走し、着物の裾をまくって筋張った太腿を曝け出している婆の姿を見ていたら、こっちの気が狂いそうだ。

今のスピードよりも、ほんの少しでも速くなれば、婆はついて来れないだろう。

「よし。婆を引き離そう」

ハンドルをグッと握り、アクセルを踏み込もうとした。

すると、婆はこちらの思惑に勘付いたのか、再びこちらに顔を向けた。

「ば、ババアが……ババアが笑いやがった……お、俺達、ぜってぇ事故る！　なぁおい！　あいつの挑発にのって、スピードなんか出すなよっ！」

慌てだした友人の言葉で、カッとなっていた頭が少しだけ冷静になる。

けれど、婆は違った。

こちらが「ヤル気」になった瞬間を素早く察知し——加速した。

「な、なんだぁぁぁ？？？」

これがマッハというものなのか？

よく、動きが速すぎると残像が見えるというが、カメラのシャッターを数秒開けっ放しにして撮影した光の残像の写真のように、白い影が自分の真横から駆け抜けていった。

まさに「バビュンッ」という効果音が相応しいほどの速さで自分の車を抜かし、前方の車へと向かう。

「あいつ、ターゲットを変えた？」

もしかしたら、自分達ではなく、前の車を事故に導くのかもしれない。

ハンドルを持つ手がじわりと滲む。

友人も補強用のロールバーにしがみつきながら、「やべぇ。ババア、やべえって」と隣で繰り返していたのですが、婆は前方車の真横を通り過ぎたかと思うと、そのままカーブを無視して真っ暗な森の中へと消え去って行った。

「なんだったんだ……」

一瞬にして消えた婆。

あれは一体なんだったのだろう。

この峠でひき逃げにあった死者の霊なのか、はたまた、姥捨て山があった頃、この山に捨てられた婆の怨念なのかは分からないが、やけに負けず嫌いで、自己アピールの激しい婆の姿を目撃したのは、自分や友人だけではない。

仲間うちでは、あの婆を「マッハ婆」と名付けたものの、その後、自分はあの婆の姿を見かけたことはない。

危険運転を注意したくて出て来たのか。

それとも、単なる速さ自慢だったのか。

あの行動に何の意味があるのかは定かではない。

乗ってもいいですか

砂神桐

新学年になって知り合ったクラスメイトに、結構なオカルトマニアがいた。

学校の七不思議とか都市伝説にやたらと詳しくて、俺はそのテの話には興味がない系だったけど、いかにも雰囲気たっぷりに語られるそいつの話だけは面白くて、他の友達連中と一緒にオカルト話に耳を傾けていた。

とはいえ、聞いた話を信じていた訳じゃない。あくまでありえないネタとして楽しんでいただけだ。

ありそうだけれどありえない話。だからその場では楽しく聞くけれど、すぐ忘却の彼方に流されていった。

でもさっき、たまたま聞いた話を思い出したんだ。

他に用事がある親に頼まれ、俺は、同じ市内にある親戚の家に届け物をした。

品物を渡すだけの用事はすぐに済み、高層マンションの上の方の階から帰ろうとエレベーターに乗った瞬間、俺は、以前聞いたエレベーターにまつわる都市伝説を思い出した。

確か聞いた話では、エレベーターに乗ったらまず四階を押して、到着したら開くのボタンを四十四秒押し続ける。その後扉が自然に閉まるのを待ったら、決められた順に他の階のボタンを押していき、最後にまた四階に戻るようにする。すると四階に着いても扉は開かず、到着から四十四秒後、非常用ボタン上のスピーカーから『そのエレベーターに乗ってもいいですか？よかったら扉を開けて下さい』という声が聞こえる。

そこまではっきり覚えているが、確かまだ続きがあったような。でも話の流れ的に、そんな怪しげな声が聞こえてきたらそれが怪談のオチだろう。だから無理に思い出さなくてもいいか。というか、そもそもこの話自体眉唾だし。

楽しく聞いてはいたものの、話自体は信じてない。それでもちょっとだけ『もしや』の気持ちもあるから、それを試せる状況に好奇心が溢れた。

四階での四十四秒をクリアした後、決められた通りに他の階を指定することになっているが、普段は高層ビルなんて縁がないから、気にはなっても試すことはできなかった。でもこの高層マンションのエレベーターでなら、指定の階を総て押してあの話の真偽を確かめることができる。

まずは四階へ。扉が開いたら開くのボタンを押して、スマホのストップウオッチ機能できっかり四十四秒。扉が閉まるのを待ってから、聞いていた通りにいくつかの階のボタンを押す。その最後にもう一度四階。

やれるだけのことをやり、俺は無意味に上下を繰り返すエレベーターの中、スピーカーに視線を向けた。

本当に声なんてするんだろうか。まあ嘘だとは思ってるけど、これだけの手順を踏んだんだ。面白い結果を期待するよな。

チンと、もう何度も聞いた音と共にエレベーターが動きを止めた。

もう一度四階に着いた。でも、他の階ではすぐに開いていた扉が開かない。

聞いた話の通りになってる？　じゃあ、もうじきこのスピーカーから声が聞こえてくるのか？

いくらなんでもそんなことは……。


ザ……ジジ……ザ……。


今まで一度たりと聞こえなかった音がエレベーターの空間内に響き、俺はスピーカーを凝視した。

さっきまで完全に無音だったのに、今確かにノイズが聞こえた。でもそれだけだ。

エレベーターをむやみに上下させたから、ちょっと状態がおかしくなった、とかなんだろう。

そう思い込もうとした俺の耳に、信じられない音声が飛び込んで来た。

「エレベーターに、乗せて下さい」

スピーカーの向こうから響いたのは、友達から聞かされた都市伝説通りのセリフだった。

いや、厳密には少し違うが、意味としては同じだ。

どこに通じているのかも判らないスピーカーの向こうから、何ものかがエレベーターに乗りたいと訴えている。

その異常すぎる状況に固まっていると、またスピーカーから声が洩れた。


「扉を開けて下さい」


その言葉にはっとして、俺は開くのボタンに目をやった。

そうだ。扉を開けてほしいというセリフはつまり、外からは扉を開けられないという意味だ。

声は不気味だけれど、扉が開かなければ誰も中には乗り込めないし、なんなら、他の階のボタンを押せばここから逃げることもできる。

そう。逃げればいいんだ。他の階のボタンを押せばエレベーターは移動する。その移動先で降りしてまえば逃げられる。

湧いた名案に、俺は一階のボタンを押した。でもどういう訳かランプがつかない。

カチャカチャとボタンを押し続けてみるが一向に反応がない。他の階も押してみるがやはりどこのランプもつかない。

ジジ……ザ……。

スピーカーからまたノイズが洩れた。その奥からいっそう抑揚を失くした声が響く。

「エレベーターに乗せて下さい」

追い詰められた頭の中に友達の話が甦った。

適当に聞き流していたあの話は、スピーカーの声の後にも続きがあった。それを必死に思い出す。

エレベーターに乗りたいとせがむ声。それが聞こえた後、友達はどう対応すると語っていた？

……そう。確か……。

「すみません。乗せられません」

乗せられないとはっきり断る。でもそれで引き下がってはくれないとも言っていた。

「エレベーターに乗せて下さい」

繰り返される同じ言葉。それをこちらも延々と拒み続ける。そのやりとりを十往復だかすると声がやむ。確かそう聞いた。

……静かになった。

ああ、よかった。やりすごせた。そう思い、俺はこの場を離れたい一心で他の階のボタンを押した。

「!?」

確かに四階以外のフロアボタンを押した。四階と開くのボタンは、押すどころか微かに触れることさえしなかった。

なのにエレベーターの扉が開いたのだ。

まだ日中なのに、開いた扉の先は真っ暗だった。その闇の中に、見えないけれど何かがいる気配がする。……いや、気配だけじゃない。

「開いた」


スピーカー越しではなく、声は暗闇の中から響いた。その音声に全身の毛が逆立つ。

ダメだ。何があってもコイツをエレベーターに乗せる訳にはいかない。

そう思い、繰り返される先刻までと同じ言葉に、また『乗せられません』と断りを返し続ける。でもそのやりとりの中で俺はあることに気がついた。

声が近づいている。暗すぎて何も見えはしないけれど、扉の外にいる何かは確実にエレベーターに近づいてきている。

やりとりごとに近づく声と気配。それがついにエレベーターの前まで来た。

いけない。もう後がない。次に拒絶を口にしても外の何かはエレベーターに乗り込んでくる。

また友達の話が意識をよぎった。

そうだ。俺は聞いていた。回避の方法を聞いていたんだ。なのにそれを思い出せない。

あの話の中で、アイツは何と言っていた？　どんな対応をすれば逃れられると語っていた？

「……乗ってもいいですか」

間違った対応はできない。正しい答えを出せなければそこで何もかもが終わる。断る言葉は何だった？　どんな返事をすればこの状況から逃れられた？　……いや、違う。返事じゃない。言葉じゃない。たった一つの正解は……。

無言で押した『閉じる』のボタン。

当たり前のようにエレベーターの扉が閉じていく。それと同時に、さっきひっちゃかめっちゃかに押しまくったフロアランプが総て灯り、エレベーターは動き出した。

程なくエレベーターが止まり、ごくありふれた建物内の廊下が目に飛び込む。そこに文字通り転がり出ると、俺は一目散にマンションを後にした。

まさか、笑って聞いていた怪談が本当に起こるなんて。

都市伝説や怪談話なんて全部インチキだと思っていた。でもそうじゃなかった。

友達の話は事実だった。他はどうか知らないけれど、少なくともエレベーターの話は本当だった。

もう二度とアイツの話を面白半分に試すなんてことはしない。それに、万が一のためにアイツの話はきちんと聞くことにする。

そう誓い、家路を急いでいた俺は、通る道の違和感に気がついた。

行けども行けどもブロック塀に囲まれた四つ辻が繰り返される。こんな道を来る時に通っただろうか。

おかしいなと首を傾げた瞬間、エレベーター内にいた時のように、友達が語る怪談話が脳をよぎった。

そういえば、こういうシチュエーションの怪談も聞いた気がする。でもあの話に回避の方法があっただろうか。

どちらを向いても先が見えない四つ辻の真ん中で、俺は、友達の話を適当に聞いていたことを後悔しながら、その、右から左へ流してしまった話の内容を必死に思い返した。

リヤカー婆

快紗瑠

小学校の低学年の頃。

下校時刻と共に、通学路に現れる婆がいた。

彼女は腰が九十度に曲がっているせいか、やけに小さく見えた。

そして何故か、いつもリヤカーを押していた。

リヤカーの中は空っぽ。

何にも入っていないのに押していたのは、今になって考えてみると、歩行補助の為だったのかもしれないが、問題はソコではない。

この婆は毎日必ず、「誰か」をターゲットにして、追いかけ回すのだ。

はじめは、ターゲットのすぐ後ろを同じスピードでついてくる。

ヒタヒタヒタと足音を鳴らし。

リヤカーのタイヤが回転する度に、キィーコ、キィーコ……と錆びた金属音を響かせながら、ピッタリくっついてくるのだ。

単なる婆といえども、そんなことをされれば気味が悪い。

無意識に歩幅が広くなり、歩く速度があがる。

それと同時に、婆の歩みも速くなり、キィーコ、キィーコと甲高い音も激しくなる。

「な、なんだよっ！」

振り返って大声を上げても、目を細め、ニタリとした笑みを貼り付けたまま。

いくら強がってもまだまだ子供。

その不気味な表情に、喉の奥を「ヒュッ」と鳴らして、一目散に家まで駆けだす。


けれど、そこで終わらないのがリヤカー婆。

泣き叫んで全力疾走で逃げ出しても、その後ろをリヤカーを押して追いかけ回すのだ。

今のように、ストーカーだとか、変質者だとか、そういったものに対する規制が煩く無かった時代。

しかも、相手は校区内に住む身元のはっきりした婆だ。

母親や教師たちも呑気なもので、「お婆ちゃんは一緒に遊びたかっただけなのよ」と、笑って終わり。

あの時代は、痴漢や変質者は基本的に「男」という認識があったのかもしれないし、お年寄り――しかも女性だという面から、あまり危機感をもたなかったのかもしれない。

けれど、よく考えて欲しい。

遊びたいだけなら、普通、声をかけるものじゃないか？

家に到着するまで、スピードを変えても、それに合わせて無言でつきまとってくるだなんて、それこそ恐怖でしかない。

しかも、質が悪いことに、彼女は必ず、「たまたま一人で帰宅している」「低学年」の子をターゲットにしていたのだ。

追いかけ回す以外は何もしないのだから問題ないのではなく、何もしなくても、追いかけ回すこと自体が幼い子供にとっては恐怖でしかないのだ。

とはいえ、そういう噂がたつと、絶対に一人や二人、ヤンチャな奴が出てくるもの。

「たかが婆につきまとわれるだけなんだから恐くなんかねーよ」

「お前ら、あんな婆が怖いの？　だっせー」

追いかけられた子に向かって、馬鹿にしたような言葉を浴びせた。

そんな彼らの挑発に、皆、「怖くねーし」「ただ気持ちが悪いだけだし」と強がりを言うものだから、結局、根性試しと言って、毎日仲間のうちで、「今日は○○」「今日は△□」と決めて、一人ずつ順番に婆と勝負するゲームを始めた。

勝負といっても、そこは子供。

ただ単に、通学路を団体で帰らなくてはいけないところを、一人で帰宅し、婆のターゲットとなって、追い掛けられるというもの。

それが出来れば一人前という、今にしてみれば、根性試しにもならない阿保らしいこと。けれど、その当時の自分達にとっては、いつ何時、婆が豹変するかも分からないので、ある意味、ビクビクドキドキしていた。

そして、とうとう自分の番が来た。

「カイ。お前んちは学校から近すぎる。だから、俺ら、ヨシオんちに先に行ってるから、そこまで来いよ！」

「そうだぞ。カイんちなんか、歩いてすぐだから、俺んちまで来い！」

実際その通り。

自分の家は学校から目と鼻の先にある。

校庭を斜め横断して、小さな裏口から出たとしたら、二分もかからず家に着ける。

皆は早くて一十分。

へたしたら三十分以上も追いかけ回されていたのだ。

彼らの言うことは尤もである。

自分は彼らに、「わかった。先に皆で集まってろよ」と頷いた。

みんなの姿が教室からいなくなり、校門を通っていく人がまばらになるのを確認すると、ランドセルを背負い、帰路につく。

校門を出てすぐのところにはまだ婆はいない。

噂では、真っ直ぐ行くと、中学校のテニスコートがあり、そのフェンスの陰から婆は現れるのだという。

中学生の方が授業時間は長い。

テニスコートは無人だ。

ゆっくり学校から出てきたお陰で、辺りは人気（ひとけ）が少ない。

こんな所で、リヤカーを押した婆に出会うだけならまだしも、追い掛けられたら、そりゃぁ不気味だ。

何となく、イヤな気持ちになりながらも、婆出現スポットの前を横切った。

「くるっ！」

気合いを入れたものの、フェンスの物陰には誰もいない。

当然、自分の真後ろにも婆はついてこない。

拍子抜けした自分は、ふと思った。

「そう言えば、婆に追いかけられたと騒ぎ出したのはヨシオだったよな……しかも、あの婆。ヨシオんちの近所に住んでる農家の婆だって言ってたような……くっそ！　ヨシオと婆にハメられたか⁉」

当時、どっきりカメラなるテレビ番組がよく放映されていて、学校でもくだならない悪戯をよくしたもの。

きっと今回のも、ヨシオが婆を巻き込んで仕組んだ悪戯なんだと思えば、ドキドキから一転、怒りが沸々と沸き起こった。

そういえば、ヨシオんちに集まっている仲間達は皆、先に婆と根性試しをやったヤツばかりだ。

あいつらもヨシオに騙され、そして、騙す機会を伺っていたんだ。

これから奴らに「だっまされたー」と言って笑われることを想像してムカついた自分は、ヨシオを一発殴ってやろうと駆け出した。

だが、その時である。


「まってぇぇぇ……」


背後からか細い声が聞こえた。

「え？」

自分が呼び止められたのだと思い振り返ると、そこには、リヤカーを押して、ゆっくりゆっくりと歩く婆の姿。

勿論、リヤカーの中には何もない。

「ま、まさか？」

とはいえ、こいつは幽霊ではない。

ヨシオんちの近所の婆だ。

「ど、どうした？　お婆ちゃん」

霊ではないことが分かっていても、急に現れた婆に対し、驚きのあまり声が掠れた。

けれど、返事をするどころか、婆は九十度に腰を曲げているせいか、顔を下に向けたまま、一向にこちらを向く気配がない。

それでもゆっくりゆっくり無言でこちらに近付いて来る。

その不気味さと言ったら、何とも言えず、「お婆ちゃん。ちょっと急ぐから、ごめん」と言って、慌てて走り出した。

するとリヤカーの音が急に大きくなった。

キィーコ、キィーコ
キィーコ、キィーコ
キィーコ、キィーコ

「えぇっ？」

走ったまま首を後ろに捻ると、婆もリヤカーを押しながら走って追い掛けて来たのだ。

「うそだろ？」

必死に両腕をふり、全速力で走る。

キィーコ、キィーコ
キィーコ、キィーコ
キィッコ、キィッコ

婆を同じようにスピードを上げる。

「うわぁぁぁぁっ」

大声を上げて無我夢中になって走っている小学生と、それを追い駆けるリヤカー婆の姿を目撃した人達は、きっと何が起きているのか分からなかっただろう。

いいや。

もしかしたら、婆を怒らせて追いかけられているだけだと思われていたのかもしれない。

誰も助けてくれない。

婆も止まってくれない。

脳内はパニック。

呼吸は苦しい。

けれど、止まったら何が起きるか分からない。

ゼェハァゼェハァと荒い息をし、必死に逃げる自分の後ろを、一定の距離を開けて、キイコキイコとリヤカーを軋ませ追い掛けて来る婆の表情はまったく変わることはない。

どんだけ屈強な老人なんだと思った時。

ようやくヨシオんちが見えた。


「よ、ヨシオォォォォッ」


大きな声で叫ぶ。

その声が聞こえたらしく、門から出てくる仲間達。

けれど、顔を真っ赤にさせ、必死の形相で彼らの中に飛び込んだ自分の姿を見た彼らは「どうした？」「変質者にでもあったのか？」と、慌て出した。

「う、うしろ！　うしろに婆がっ！」

振り返ると、誰もいない。

けれど――。

キィーコ、キィーコ
キィーコ、キィーコ

どこからともなく聞こえるリヤカーの音。

それだけは、皆の耳にも聞こえていたらしい。

「うわぁぁ」

「なんだよっ！　なんだよ今の音は!!」

全員がパニックを起こして大騒ぎ。

玄関の前で騒ぐ子供達の声に、何事かとヨシオの母親が家から出て来た。

「何があったの？」

そう尋ねられ、今あった出来事を細かく伝えると、彼女は表情を曇らせた。

「そんな訳ないでしょ……」

強張った声に、嫌な予感がしたのは自分だけではなかった。

他の皆も、ヨシオの母親の言葉の続きを聞いてはいけないような気がしていたのだが、それでも、聞かずにはいられなかった。

皆が静かになったのを見計らって、彼女は震える唇を動かした。

「あのお婆ちゃん。今朝、亡くなったのよ……」

今まで噂になっていたリヤカー婆が生身の人間だったのか、霊だったのか。
それとも、ヨシオが皆を怖がらせるために生み出した創作だったのかは分からない。
けれど。
あの時、自分を追い駆けて来た婆は……。
あの時、皆が聞いた甲高い金属音は……。
間違いなく。
こっちの世界のモノではなかったのだと思う。

学校の七不思議

佳純

【私が通っていた中学校の七不思議】

中学生の時、放送委員会に入っていました。

全体で十二～三人で、主な仕事は毎日のお昼の放送、朝会のマイクセット、体育祭や入学式や卒業式などの音響に関わることでした。

委員会でしたが部活扱いで毎日活動があり、夏休みも発声練習や機器の取り扱いを教わっていました。私が通っていた中学校の七不思議を聞いたのは、夏休みの委員会活動の時だったと思います。

夏休みだったので少しタガが外れたのか、単調な委員会活動の合間に、個性的な先輩たちによって作られたトランプで遊んだり、録音されていた先輩たちのコメディ作品をこっそりと聴いたりと、とても楽しかった記憶があります。

そして、その思い出の中に、先輩たちがしてくれた怪談話があります。

みんなでキャーキャー言いながら聞いた話は、怖いながらも楽しかったです。

私が通っていた中学は歴史のある学校で、建物も当時は古い木造建築で、『この学校は本当に出る』と言われていました。

その『現場』で行われる怪談は、異様な雰囲気でした。思い返してみると、少しおかしな感じがしました。

でも、当時はそれが普通だと思っていました。

暑い夏、クーラーはなく、窓を開けると、運動部のランニングの声が聞こえてきます。

そんな中で、放送委員は怪談話をしていました。

カッコはいいけれど、お調子者でムードメーカーな三年の先輩が、七不思議の四つまで教えてくれました。

一年生は私も含めて五人ほどいました。

初めて聞く話に、怖がりながらも次の話を待っていました。

今か今かと待っていると、真面目な顔をした先輩が委員長を見て、

「次、あの話、するから」

と言いました。

すると、委員長は「わかった」と言って、神妙な面持ちで放送室から出て行きました。

私たちはそれが大したことだとは思わず、先輩が話しだした五つ目の話をワクワクしながら聞きました。

五つ目の話が終り、その雰囲気に飲まれたように、

「先輩、次の話」

と、皆で言いました。早く怖い話が聞きたくて仕方がありませんでした。

そして、先輩は次の話をしました。

でも、学校に関係がありそうな話ではありません。

どこかで七不思議になるのだろうと思い、皆で最後まで聞きました。

結局、その話は七不思議ではありませんでした。

「先輩、六つ目はしないんですか？」

不満に思ったのかAくんが言いました。

同じことを思っていた私たちも口々にそう言いました。すると、いつの間にか委員長が戻ってきていて、

「ウチの学校の七不思議は、七つ知っちゃいけないんだ」

と言いました。

怖いくらい真剣な顔です。

「六つ目は教えてくれてもいいんじゃないですか？」

Aくんが言いました。

「俺ら以外から最後の一つを聞いたらアウトなんだよ。だから、保険をかけて五つまでだ」

「七つ聞いたら、どうなるんですか？」

先輩たちは教えてくれませんでした。

【放送室の七不思議】

夏休みも終わり、少し過ぎたある日、雨が降ったために校庭でやるはずだった朝会が、体育館ですることになりました。

放送委員は急いで準備をしていました。テキパキと働く二、三年生と、いつもと違うことが起き、あたふたと動く一年生。全ての委員が動き回っていました。

すると、マイク用の延長コードが足りなくなり、副委員長が困っていました。

「私、取ってきます」と言いました。

先輩たちは忙しそうだったので、手持ちぶさただった私が行こうと思いました。

「お願い、机の上に使えるのが乗ってると思うから」

副委員長にそう言われ、放送室に戻りました。

でも、机の上に延長コードはありませんでした。いつも置いてある場所にもありません。全部持って行ってしまったようでした。

誰もいなかったので、予備のコードがどこにあるのか聞くこともできません。棚を開けたりして探しましたが、いつもみんながいる部屋にはありませんでした。

雨が降っていたので薄暗く、放送室は静まり返っていました。

すると、いつもは使っていない部屋が目に入りました。

大きな放送用の機器の正面に窓ガラスがあって、その奥にある部屋です。今にして思うとアナウンスルームだったのかもしれませんが、当時は物置のようになっていました。

（ここにあるんじゃないかな？）

そう思って、ドアを開けました。

窓はひとつだけで中は暗く、スイッチを入れようとしました。放送室の壁は防音ができるはずでしたが、古い建物だったからか、繊維のような物がたくさん飛び出していました。

色が藁に似ていて、塗りこんだ繊維状の物が飛び出てしまったような感じでした。壁のはずなのににもにゅっと柔らかく、変だったのですが、ギュウギュウ押して明かりをつけました。

明るくなったので中を見ると、延長コードがたくさんありました。

でも、切れていたり、直している途中だったり、状態の良いものはありません。きちんと整頓されているわけではなく、こんがらがるようにまとめて置かれていました。

それでも大量にあるコードの中から使えそうなものを二〜三本選んで、体育館に戻りました。

「机の上になかったから、手前の部屋から持ってきました」

と言って副委員長に渡すと、

「え⁉」

と、ものすごく驚かれました。

「どうしたんですか？」

副委員長の様子がおかしかったので、聞きました。

「く……暗かったでしょ？」

それまでしていた作業を止め、いつもは美人な副委員長が、目を大きく見開いて怯えたようなすごい顔をしていました。

「はい。でも、電気点けたら明るくなりましたよ」

「え!? 電気、点いたの？」

「押しにくかったけど、点きました」

そう言って、延長コードを副委員長に渡しました。

その後、副委員長を見ると、私が持っていったコードは使わず、別のコードを使っていました。それを見て、使われていない部屋にあったということは、使えないコードを持って行ってしまったのだと思いました。

放課後に放送室に行くと、他の先輩たちもその話を副委員長から聞いたらしく、やっぱりすごい顔をしていました。委員長がその時のコードを持っていたので、「それ、使えなかったんですか？」と聞くと、「いや、これ、使えるよ」と言いました。

「新しそうだし、綺麗だから使えるだろうなって思ったんです」

そのコードに愛着がわいていたので、私は笑顔でそう言いました。汚れていなかったし、使いやすそうでした。

「ああ、うん」

委員長は普段から表情があまり変わらない人だったのですが、何か言いたそうで言わないような感じがしました。

「使えるコードが少なくなっているから、修理しておくよ」

と、委員長ははんだごてを出してきて、使えなくなっていたコードを直し始めました。

委員長と男の先輩は淡々と作業していましたが、副委員長と他の先輩は怯えていました。

「あの部屋にある壊れたコード、全部直すんですか？」

狭い部屋ですが、床の大部分が延長コードに覆われていました。

「いや、あれは使わないよ」

「どうしてですか？」

直せば使えそうです。

「もう、使えないんだ」

委員長は言いました。

　それからそのコードは、私が好んで使っていました。先輩たちが使わなかったので、いつも使いやすいところにあったからです。

先輩たちがいない時、一年生だけでその部屋のスイッチを入れてみましたが、点きませんでした。

その時は私も点けられませんでした。

でも、その後、何度か試すと二～三回点けることができました。

何かのタイミングで点けられるみたいです。ただ、誰も居ない時に限って点きました。


その部屋を、先輩たちは『お仕置き部屋』と呼んでいました。

どうしてそういう名前になったのか、私たちは知りません。


【七つ目の怪談話】


私たちが聞かなかった六つ目は、そのお仕置き部屋が舞台だったと、卒業後に他の放送委員から聞きました。

どんなことが起こったのかは、今も知りません。

先輩たちは、とても怯えていました。

副委員長は、誰かがお仕置き部屋に入ろうものなら、半狂乱になって泣き叫びました。

委員長も、いつもふざけていた先輩も、お仕置き部屋のことになると、かなり慎重になっていました。委員長と七不思議を教えてくれた先輩は、それぞれ六つまで知っていたようで、しかも、お互いが知らない一話を、それぞれが知っていたようです。

だから、先輩は委員長が知らない一話を話す前に、委員長に「話す」と言って、委員長が放送室を出て行ったようです。


もしかすると、最後の七つ目は『全部知ったらいけない』だったのかもしれません。


でも、他の学校の七不思議には、だいたいそういう話があります。

七つ全部知った人には何か不幸なことが起こる、七不思議以外の七不思議に関する話が。

自分が通っていたから、というわけではありませんが、ウチの学校の七不思議のコレは、少しだけ違う気がしました。とにかく先輩たちが異様なまでに怖がっていたのです。

――絶対に七つ知ったらいけない。

これを徹底していました。

先輩たちは、七つ知ってしまった人がどうなったのか、教えてくれませんでした。

ただ『七不思議を全部知ったらいけない』とだけ教えてくれました。

七つ知ったらいけないことを伝えるためには、そのエピソードを言うのが最も効果的なはずなのに、先輩たちは教えてくれませんでした。

だから、それではないかと思いました。

『七不思議を全部知ったらいけない』の具体的な話が七つ目の話。

五つまで話してくれた先輩は、具体的に知らなかった。委員長は具体的な話を知っていたから、先輩が合図をした話を聞いてはいけなかった。

具体的な『七不思議を全部知ったらいけない』話を知っていたのは、委員長だけだった。

ただ、これは私の予想なので、本当にそうなのかはわかりません。

【新しい校舎で】

そして月日が流れ、あの木造だった校舎は、もうありません。

毎日使っていた教室も、歩くだけでギシギシ言っていた廊下も、そして放送室も。

最近、その中学にお邪魔する機会がありました。

校舎も違う場所になっていて、私たちが使っていた校舎は校庭になっていました。

校舎はピカピカで、当時の面影は、どこにもありません。

辛うじて、窓から見える景色が同じくらいです。

雰囲気も、当時とは比べ物にならないくらい、明るくなっていました。

その時、お世話になっていた先生にお会いしました。

そして、私が中学に通っていた頃の話をしました。

懐かしい話をたくさんして、ふとした時に、

「そういえば、この学校にも七不思議ってありましたね」

と、私が言うと、先生は不思議な顔をしました。

「そんな話、あった？」

思い当たる物がないかのようです。

「ありましたよ。私は全部知らないんですけど、五つくらいまで知ってます」

「どんな話？」

「え？」

「どんな話だった？」

そう言われて、思い出そうとしました。

「テニスコートに……、あれ？」

先輩たちとのエピソードは覚えているのに、七不思議の話自体は覚えていませんでした。

「……思い出せません」

「そう。それならそれで、いいんだよ」

そう言いながら、先生はもう一杯、お茶を入れてくれました。

「忘れてよかったね」

先生は、にっこりとしました。

「はい」

私も笑顔を返しました。

お茶を飲んで、しばらく話を続けて、そして、学校を後にしました。

『忘れる』ということは、生きるために必要な能力なのかもしれません。

また、学校などは、絶対に霊現象を否定すると思います。でも、否定しながらも、対応してくれる先生が、どの学校にも一人くらい、いらっしゃるような気がします。

影オジサン

砂神桐

影オジサンて知ってる？

同じ市内に住む、大学生の従兄のお兄ちゃんから聞いたんだけど、そいつは、一見普通のオジサンの姿をしてるけど、影を自由に切り離して行動させることができるんだって。

お兄ちゃんが小学生だった頃に噂が流行ったらしいけど、ボクはそんなのでたらめだって思った。

でも最近になって、あれは絶対にそうだと思うことがあったんだ。

ボクが通う小学校の用務員さんなんだけど、年は五十歳くらいかな。

六年生の背が高い子より小さいくらいの用務員さんは、目立たない人だけどいつもにこにこしていて、誰にでも丁寧に対応してくれる優しい人だ。

でも小柄なせいで、用務員さんは時々高学年の人達にバカにされたりもしていた。

意味もなくチビ扱いされたり、何もしてないのに邪魔だって言われたりもしていた。

そんな時も用務員さんは、何も言い返すことなくただにこにこしていたけれど、たまたまボクはその場面を見ちゃったんだ。

六年生だと思うけれど、四、五人の男子が用務員さんを囲んで何か言っていた。その途中で、後ろにいた一番背の高い子が用務員さんの背中を小突いたんだ。

周りの様子がいっそうからかう感じになって、今度は違う子が用務員さんを小突く。それを見かねて先生を呼びに行こうとしたら、他にも見ていた子がいたらしく、その場に先生が現れた。

先生は高学年の子達を叱ったけれど、みんな口々にもっともらしい言い訳をするし、用務員さんも黙っているだけ。だから、高学年の子達は用務員さんに話しかけていただけ。小突いたように見えたのは気のせいということになり、その子達はすぐに解放された。

その様子をボクはずっと見ていたから、全部嘘だって言いにいこうとしたんだけど、その寸前、ボクは用務員さんがニタリと笑うのを見たんだ。

小学生にバカにされ、小突かれまでしたのに、用務員さんは確かに笑った。そして、自分の足元に視線を向けた。

それを目にした瞬間、ボクは叫びそうになった。だって、用務員さんの足元から影が離れて、廊下を滑るように移動して行ったから。

先生がその場を離れても用務員さんはそこから動かない。ただじっと下を見ている。でもそこにあるべき影は存在してないいんだ。

ボクは一度用務員さんを確認した後、廊下を滑って行った影の方に視線を向けたけれど、もうどこにも影はなかった。

いったいあの影はどこに行ったんだろう。

その行方がたまらなく気になったボクの耳に、校舎のどこかから悲鳴が聞こえてきた。

一瞬でそちらに意識が向き、ボクは悲鳴のした方向に走り出した。

辿りついた現場はとんでもないことになっていた。

階段から人が落ちたらしく、怪我をした人達が踊り場にうずくまって泣いたり呻いたりしていたんだ。でもボクは事故自体よりも、怪我をした人達を見て驚いた。だってそこにいたのは、さっき用務員さんを取り囲んでいた高学年の人達だったからだ。

いったい何があったのか気になり、近くの子に聞いてみたら、その人達が階段に差しかかった時、全員がいきなり揺れたり立ち止まったりして、階段から転げ落ちていったらしい。

近くに他の子は一人もいなかったから、誰かが突き飛ばしたとかではないようだけれど、落ちたみんなは今も泣き喚きながら、『誰かが足を掴んだ』とか『背中を押された』と言っている。

やがて保健の先生や他の先生達が来て、怪我をしたみんなは運ばれて行ったけれど、ボクの意識はその人達よりも用務員さんに向いていた。

あの時、確かに用務員さんの足元から影が離れて行った。もしかしたら、それがあの人達を階段から落としたんじゃないだろうか。

それを尋ねたらボクも何かされるかもしれない。それが怖くて、何も聞けないまま、ボクはむしろ用務員さんを避けた。友達にも見たもののことは言わなかった。

でも今日、久しぶりにお母さんとお兄ちゃんの家を訪ねて、家にいたお兄ちゃんにボクはずっと誰にも言わずにいたこの話をしてみたんだ。

お兄ちゃんはボクの話を笑わず聞いてくれた。その後、小学校の時のものだというアルバムを出してきた。

「なぁ。お前の学校の用務員さんて、もしかしてこの人？」

見せられた写真には小学校の頃のお兄ちゃんと友達が映っていた。そしてもう一人、後ろの方に小さく映っていたのは……。

「この人！　ボクの学校の用務員さんだ！」

叫んだあと、ボクは写真を見返し、首を傾げた。

確かにそこに映っているのは用務員さんだ。でも、お兄ちゃんが小学生なら、この写真は十年くらい前のものってことになる。なのに用務員さんは今とまったく同じ姿なのだ。

本当のことが知りたくて、ボクはお兄ちゃんに、一緒に学校に来てほしいと訴えた。でもお兄ちゃんは静かに首を振って、ボクに一言『やめておけ』と言った。

その後お兄ちゃんは、小学生の時、学校の子が行方不明になった話をボクにしてくれた。

お兄ちゃんが小学生の時にも、校内で数人が一度に怪我をする事故が起きたんだけど、現場にいた一人の子が、用務員さんの影が足元から離れるのを見たと言い出したんだって。その子が用務員さんを『影オジサン』と呼んで騒ぎ、噂は学校中に広まった。でも真相を確かめるより先に用務員さんはいなくなってしまい、騒いだその子も程なく行方不明になったそうだ。

「多分、お前の学校にいるのは写真のおっさんと同じ奴だ。だから、絶対そいつに影が離れたのを見たことを言うな。近づくな」

お兄ちゃんに見たこともないような顔でそう言われ、ボクは大きくうなずいた。

それから数日後。上級生のクラスの子が一人、行方不明になったという噂が立ち、その後くらいに学校から用務員さんの姿が消えた。

もしかしたら行方不明になった人は、ボクと同じように、用務員さんの影が勝手に動いて行くのを見たのかな。そして、それを用務員さんに尋ねに行ったりしたのかな。

お兄ちゃんの言うことを聞かず、もし用務員さんの所に足を向けていたら、行方不明になったのはボクだったかもしれない。

これが、ボクの知ってる影オジサンの話の総てなんだけど……キミの学校の用務員さんは大丈夫？　足元から影が離れたりしないよね？

もし、用務員さんの足元の影が勝手に動くのを見ても、そのことを人に言いふらしちゃいけないよ。……行方不明になりたくなかったらね。

髪形代

霧野つくば

〇

——この話をネットに載せるべきか、僕は一年間じっくりと考えた。

コトリバコや八尺様のような都市伝説はネット上にたくさんある。

大きく脚色はされていても、元になったエピソードはどの話にも必ず存在すると僕は確信している。なぜなら、僕がこれから記すのもそういった都市伝説の類だから。

当時僕を救ってくれた神主のYさんからは、この話を広めるべきかは僕の判断に任せると言われている。あの日から幾度となく悪夢にうなされ、何としても忘れようと色々策を凝らしたものだ。


しかし罪悪感と恐怖は僕の中に深く根差し、どんなに追いやろうとあの日の記憶はいつまでも鮮明に蘇ってくる。

今日ここに全てを記すことを決意したのは、この悪夢と決別するためではない。この話を掲載することで今なお増え続けているであろう被害者を救えるかもしれない。そんな淡い期待からだ。

どうかこの長い物語を読み終え、もしあなた自身が、あるいはどこかで似たような話を聞いたことがあるなら必ず僕に連絡して欲しい。僕は次こそこの呪術を未然に食い止めたい。

――それが彼女への、唯一の罪滅ぼしになるのだから。

一・

折原美由紀は高校時代、僕の女神だった。クラス一の美少女というわけではない。顔の造形で言えば精々中の上が限界といったところだろう。しかし明るく朗らかな性格、ころころと変わる豊かな表情はとても魅力的で、僕は入学当初からすっかり彼女に魅せられていた。これといった趣味もない上、暗く地味な僕には友達も少なかった。分け隔てなく誰とでも接することのできる彼女は僕にも気軽に話しかけてくれた。もっとも、人気者である彼女の周囲にはいつも人だかりができていて、僕は基本的に彼女を遠くから見つめるだけだったが。それで十分だった。

そんな僕に転機が訪れたのは高二の冬、東京にも珍しく雪が降った日のことだ。その日のことは今でもはっきり覚えている。クラスのある女子が家で大事にしているドールを友達に自慢しようと持ってきたのだ。

ドールと聞いてあなたはどんなものを思い浮かべただろうか。気味の悪い球体関節人形？

ちゃちなバービー人形？　ちなみに僕が当時思い浮かべていたのは、ヒラヒラしたドレスに身を包んだ顔のでかいフランス人形だった。……だから、窓の縁にちょこんと座ったドールを見て僕が味わった衝撃は今でもよく覚えている。

外の雪景色とも相まって、まるで窓際に天使が舞い降りたかのようだった。遠目から見るだけでは飽き足らず、気がつくと僕は椅子から立ち上がり窓際へと歩いていた。ドールを囲む女子の集団には、件の折原美由紀も含まれていた。

「……僕も見ていい？」

その女子、確か佐藤や田中といったありふれた苗字だったと思う。彼女は普段全く交流の無い僕から話しかけれたことに驚いて目を丸くし、それでも「いいよ」と声をかけてくれた。周りの女子もいぶかしそうな目つきで僕を睨む。しかし、そんなことを気にする余裕はなかった。

その人形は僕の知っていた人形とは全く違っていた。透き通る瞳、うっすらと赤みが差した頬、艶やかな唇、柔らかそうな肌。やや茶色がかった髪はゆったりと肩にかかっている。青いワンピースを着ており、そこから飛び出した肌は酷く艶めかしかった。フィギュアの女の子であろうと目を逸らしていた僕が、そのドールからは反対に全く目を離すことができなかった。どこか儚げに感じる存在は形容できない美であり、性的な魅力とは全く異なっていた。

チャイムが鳴り授業が始まった後も、僕の胸はドキドキと高鳴ったままであった。いつもは得意な数学も、今日は数式が全く頭に入ってこない。その日は上の空のまま帰りのＨＲまで過ごし、下校後すぐにドールについて調べまわったのを今でも覚えている。

その日を境に僕はコツコツと貯金をし、またドールに関する情報を熱心に収集するようになった。生まれて初めて出来た趣味に僕は強く執着した。彼女が持っていたのは「女の子から少女へと変化する一瞬の美しさ」をコンセプトにしたエンジェルドールというブランドで、自分の好みに併せて様々なパーツをカスタマイズすることができるようだった。ベースのモデル、肌の色に始まり、百以上ある頭部パーツ、ウィッグ、瞳、まつげ……それらを組み合わせて三兆近い組み合わせから自分の好みの女の子を一点ものとして作ってもらえるという。

暫くはカタログの写真を眺め、各地のドールイベントに出かけては展示物のドールを飽きることなく見つめる毎日だったが、ある日を境に僕の中で抑えられない欲求が生まれた。

――ドールの折原美由紀が欲しい。

二.

たとえ三兆の組み合わせでも「折原美由紀」の不思議な魅力は、なかなか表現することができなかった。これだと決めて実店舗でシミュレートしても、やはり醸し出す雰囲気が違う。どんな化粧を施しても、それは変わらなかった。最近は原因もわかってきて、おそらくしっくりくる頭部パーツが存在しないのだ。化粧や瞳でカバーできる部分はあっても、パーツの配置や骨格は頭部固有のものだ。一点モノのドールの製作は一体十五万円以上かかる。冬休みに必死で溜めた貯金を全て切り崩しても一体が限界であり、だからこそ妥協せず最高のドールを造り上げたい。

——そんな時、その通販サイトを見つけたのは本当に偶然だった。深夜、ドール関係の掲示板で自作の頭部パーツを眠い目を擦りながら眺めていたとき、たまたまスクロール中に左ボタンを押してしまったのだ。すると何もなかったはずなのに、新しいＷＥＢページの読み込みが始まった。いわゆる隠しリンクというやつである、最近はめっきり数も減ってきたが、こういったマニアックなサイトには今でもごくたまに残っている。

リンク先はとてもシンプルで、真っ黒な背景に白文字で次のように書かれていた。

『リアルな頭部パーツをお探しの方』
亡くなった伴侶の再現、思いを寄せる恋人の依り代、既成パーツでは満足できません。
顔写真と共に以下のアドレスにメールをお送りください。
一点三万でお引き受けします。
必ずやあなたを満足させる仕上がりとなることでしょう。
xYwMEkfLqaSDa@xxxxxxx.coM

これは変なサイトを踏んでしまった……とすぐブラウザの「戻る」ボタンを押そうとした僕の手は、文章の下に一枚だけ添付された参考写真を見て止まった。それは、まだメイクも施されていない素のヘッドパーツの写真だった。しかし、その出来は今まで見てきた頭部パーツとは全く違っていたのだ。一言で言えば〝生きている〟。まるで人間そのものだった。写真からですら呼吸音が聞こえてきそうな美しさ……気づいた時には、僕はメールを送っていた。

程なくして返信が来たが、頭部パーツの製作には一ヵ月かかるという。僕はその間に頭部以外のパーツを揃えていった。身体や瞳、髪といったパーツに関しては不思議と既成パーツで適合するものが簡単に揃った。

ケースに収められたパーツに頭部は無いが、それ以外の全てはまさしく折原美由紀だった。服は美由紀の持つ清廉な美しさにふさわしい純白のドレスを選んだ。今か今かと待ちわびるがなかなか到着しない。詐欺の可能性も考えていた矢先に、それは突然届いた。

マグカップが入るくらいの白い小さな化粧箱。差出人名どころか宛名も書いていないそれは、郵便ポストにいつの間にか投函されていた。逸る気持ちを抑えながら、慎重に開封する。

「……あぁ」

驚きのあまり、つい声が漏れ出てしまった。箱内には綿が詰め込まれており、その真ん中に首が一つ鎮座している。その顔はあまりにリアルで、実物大であったのなら人間の首と区別できないことだろう。そして、何よりその仕上がりへの驚きである。薄っすらと化粧を施されたその顔は、まさしく折原美由紀だった。

——早速身体に取り付けようと首を取り出したところ、その下に小さく折りたたまれた一枚の手紙が入っていることに気付いた。

三.

「先生、お腹が痛いので保健室に行ってきていいですか」

ある日の体育の時間、僕は体育教師にそう伝えて体育館から校舎に向かった。腹痛の演技をする予定だったのだが、緊張で僕の顔は実際真っ青に引きつっていたように思う。体育教師も本気で心配して、すぐに承諾してくれた。

僕は運動靴を脱ぐと靴下のまま足音を立てないように職員室、そして保健室の前を素早く通り過ぎる。目指すのは自分の教室だった。見つかったら最悪停学、もし処分無しで済んでもとてもクラスの輪には戻れないだろう。それでも僕は欲求を抑えることができなかった。

『完全なるドールを求める方へ』

祭事における流し雛、呪術で用いる藁人形等、古来から人形には「身代わり」としての意味が込められてきました。
あなたが誰かの代わりを人形に求めるなら、
その人の髪を頭部に八本、午前一時に納めなさい。
一晩経てばすっかり馴染み、あなたも奇蹟を目にすることでしょう。

首の下に入っていた手紙は今時珍しく筆で書かれていた。頭部も結合した折原美由紀は異様なまでに美しく、気味の悪い手紙のことも最初は無視していた。しかし「完全」という言葉は僕の心に棘のように刺さり、その欲求は日増しに大きくなっていったのだった。一週間後遂にそれは破裂し、僕は彼女の髪の毛を頭部に納めることを決めた。

彼女の髪の毛を採取するにあたって直接ハサミで髪の毛を切らせてもらうわけにも、引っ張って採取するわけにもいかないだろう。そうすると、やはり適しているのは衣服に思えた。

僕の学校の体育授業では男子は廊下、女子は教室で着替えを行う。外から覗くような奴もいなければ、衣服が盗まれるような話も聞いたことがない。弛緩しきった空気の中で教室には鍵すらかけない。

僕は素早く周囲を確認し、扉を細く開けるとするりと教室内に滑り込んだ。暖房で暖められたむわっとした空気に身体中が包まれる。普段は決して足を踏み入れることのない領域に、心臓が早鐘のように鳴り打つ。

折原美由紀の制服はすぐに見つかった。多くの生徒のものがぐちゃぐちゃに放置されている中、彼女の制服だけはきちんと折り畳まれ、むしろ目立っていたのだった。僕は再度周囲を見渡し誰もいないことを確認すると、ポケットに忍ばせていたガムテープをブレザーのあちこちに貼り付けていった。ふわっと彼女の残り香のようなものが香る。甘くミルクのような香りで、僕は一瞬眩暈を起こしそうになる。ドキドキしながらも髪の毛の採取に集中した。

八本という本数を見つけるのには案外苦労した。皺一つないスカートやブレザーは毎日よく手入れされ丁寧に扱われているのだろう。そんな細やかさは更に僕を魅了した。五分程かけて採取に成功すると僕は足早に教室を離れた。

下校のチャイムが鳴るまで僕はひやひやしっぱなしだった。幸い何も咎められることなく家に帰ることのできた僕は、早速髪の毛を頭部に収納する。ドールの頭部は内部が空洞になっていて、身体上部のゴム紐と頭部のSカンを括り付けることで固定ができる。そのため、髪の毛八本程度の隙間はゆうにあるのだった。僕は慎重に粘着テープから髪の毛を剥がす。やや茶色がかった髪はとても細く、簡単に千切れてしまいそうだった。試しにドールのウィッグにあてがってみたが、まるでウィッグも直接彼女から抜いてきたかのようによく馴染んだ。

「……あまり変わらないな」

何かしら変化が訪れないかとて三十分程眺めてみたが、特に何も起こらない。それでも、美夢の持つ蠱惑的な美しさは変わらない。そう、僕はこのドールに美由紀を縮めて美夢（みゆ）と名を付けたのだ。やや残念ではあったが、机の縁に座った美夢の瞳に見つめられながら髪をひと撫ですると、僕は今日も幸福感に包まれながら床に就いた。

四・

次の日、誰かの視線を感じた気がして僕は目が覚めた。眠い目をこすりながら、辺りをきょろきょろと見渡すが誰もいない。父も母も共働きで、僕よりもよっぽど早く家を出てしまう。誰かの視線を感じるはずもないのだ。

あるとすれば、美夢だろうか。しかし、椅子の縁に座った美夢に特段変化があるようには見えなかった。相変わらず、儚げで美しい瞳を僕に向けてくれる。

「ごめんな、疑って」

ここ数日、一緒に過ごしているうちに美夢に話しかける癖がついてしまった。両親と顔を合わせる機会も少なく、友達もいない僕にとって美夢は美由紀の象徴以上の存在となっていた。なんとなく、こくん、と頷いてくれた気もする。

「それじゃ、行ってきます」

玄関を開けると、鉛色の空が僕を出迎える。そういえば今日は雨の予報になっていた。風は冷たく、本格的な冬がまだまだ続くことを感じさせた。

　学校についてまず、違和感を覚えた。なんだろう、いつも通りの教室であるはずなのに、全体的に室内が暗い気がする。

　……違和感の正体はすぐにわかった、美由紀がいないのだ。彼女の周囲にはいつも生徒が集まっており、その話し声を中心にクラス全体の雰囲気が形成されている。何か嫌な予感がした……なんとなく、このまま彼女が学校に来ないのではないか、という。

　しかし、そんな悪い予感はすぐに裏切られた。十分、十五分と経過し始業のチャイムが鳴る直前、彼女が教室に登校してきたのだ。ひとまず安堵したものの彼女は口元をマスクで覆い、いつも暖かな瞳には生気がなかった。「大丈夫?」と他の生徒が駆け寄ると、「風邪引いちゃった、でも薬飲んだから良くなるはず……」と彼女が答えているのが目に入った。

　ところが彼女の体調は徐々に悪くなっていき、三時間目の体育は見学、そして四時間目を終えた後、遂に早退してしまった。僕の記憶が正しければ、彼女は今まで無遅刻無欠席だった。僕の中での嫌な予感はどんどんと膨らんでいった。外を見ると、鉛色の雲からはぱらぱらと雨が降り始めていた。

　……下校後すぐ、嫌な予感とともに僕が確認したのは美夢だった。

　こちらは些細な違和感というレベルではなかった。机の端に腰かけた美夢。儚げな印象を与えるのみだったはずが、今ではその瞳が生気を湛えているように感じられた。頬の赤みもチークの塗り以上に増しているように思う。僕はすっかり恐ろしくなり、まず頭部を取り外し、中の髪の毛を取り出そうとした。

「……ひぃっ！」

十五万もするドールを僕はうっかり取り落としてしまった、それだけ驚いた。

美夢を暖かく感じたのだ……もう一度触ってみると、ひんやりとしたウレタン独特の手触りが返ってきた。僕自身の手が外の寒気ですっかりかじかんでいたせいだろうか。

ウィッグを取り外し、頭部パーツを開けると、僕はもう一度驚きを味わうことになる。

「……ない」

あれだけ細く今にも千切れそうだった髪の毛だ。当然、見つかりにくいこともある。しかし、密室状態の頭部内から無くなることは絶対にありえない。最終的に僕は可哀そうに思いながらも、頭部を開放した状態で美夢をひっくり返し何度も振ってみる。目の前でぶんぶんと彼女の身体が揺れ、美夢が一瞬顔を苦痛に歪めたように感じた。

……出てこなかった。まるで美夢の内部に吸収されてしまったかのように、髪の毛は一本も出てこなかった。

「そんなバカな……」

僕は一度美夢をベッドに寝かせると、パソコンを立ち上げる。この頭部パーツを製造したあの作者に問い合わせるつもりだった。起動直後で動きの遅いパソコンにイライラしながらブラウザを起動し、ブックマークに入れていた例のＷＥｂページにアクセスする。

「消えてる……」

画面には「404 Not found」と表示されるだけだった。よもやと思い、送信済みメールの中から注文時のメールを取り出し、先方の宛先に送信してみる……が、想像通りすぐにこちらもエラーメッセージが返ってきた。届いたパーツはポストに直接投函されていたし、送り主を確認することもできない。

「とりあえず頭は元に戻すか……ん？」

頭部を戻してみて、僕はまた一つおかしな点に気付いた。

僅かではあるが、髪が伸びている。

肩までしかなかったはずのウィッグなのに、今は背中に髪の先がかかっている。誤差の範囲のように思えるが、毎日何時間も飽きもせず見ていたのだ……間違いない。よく確認しようと、僕はウィッグを取り外そうとする。ドールのウィッグというのは、案外簡単に取り外すことができる。接着されているわけではないから、ちょっと倒しただけで簡単にずれてしまうぐらいだ。

しかしそのウィッグが外れない。いつもは髪全体を摘まめば頭部から外れるのに、びくともしないのだ……まるで頭部パーツから直接生えてきているかのようだった。

僕はそこで初めて美夢に対して気持ち悪さを覚えた。意地になって外そうとする。が、外れない。頭部パーツとウィッグの間に爪を食い込ませ、力を込める。二、三分程全力で格闘していると、ビリっという音と共にウィッグが外れた。美夢の頭皮が露になる。直接生えているようなことはなかった。つるりとしたウレタンの表面が顔を出すだけだった。であれば、どうしてこんなに力が必要だったのか……。

ウィッグを取り外してみると、生きているように感じられた美夢の存在が少しだけ希薄になったように思う。髪は女の命、と言われるがまさにそうなのかもしれない。僕は少しだけ安心すると同時に、美夢に申し訳なくなった。これで明日、元気に美由紀が登校してきたら美夢にきちんと謝って、新しい服を買ってきてあげよう。

――しかし、次の日事態はより悪い方向へ進展したのだった。

五.

美由紀は次の日も学校に来なかった。教室の雰囲気は相変わらず暗く、美由紀がいかに大事な存在だったか浮き彫りになった。昨日相当体調が悪そうだったから、悪化していなければよいが……と不安に思っていた僕の耳に、美由紀と特に仲の良かった宮寺知佳の言葉が入ってきた。こっそり聞き耳を立ててみる。

「知佳、美由紀どうなの？　家も近所なんでしょ？」

会話の相手はドールを学校に持ってきていた女の子だった。この二人も仲が良い。

「うん……昨日学校終わった後、私もプリントとか届けに行ったの。その時は、部屋まで上げてもらってさ。お父さんとお母さんもすごく心配してた……」

「本当にただの風邪なのかな、何だか心配……」

「……亜美、絶対誰にも言わないって約束できる？」

「え……うん……」

そこから二人は更にボリュームを落とした。彼女たちの周囲には僕しかいない。僕はいつもの如く机に突っ伏していたので寝ていると思われているのだろう。僕は更に神経を研ぎ澄まし、聞き耳を立てる。

「……昨晩、二十一時過ぎくらいだったかな。美由紀が泣きながら私に電話かけてきたの。なんでも、髪の毛がごっそり抜けちゃったんだって」

「……っ！」

平静を装うのに必死だったが、僕の心臓は張り裂けそうなくらい激しく鼓動していた。昨日の夜二十一時と言えば、僕が美夢から髪の毛をむしり取った時間だ。

僕は覚悟を決めて、その場で跳ね起きる。話していた女子二人がこちらを訝しげに見つめるが、なりふり構っていられる状況ではない。僕は荷物をまとめると、教室を飛び出した。

――相談先として僕が思いついたのはA神社の存在だった。家に帰り美夢をカバンに詰めると、僕は急いで駅に向かいK線に乗り込む。カバンの中にしまわれた美夢が動き出す、ようなことは全く無かった。しかしだからといって恐怖がおさまるわけではない。

A神社は隣県だが電車で一時間程離れたところに存在する。A神社は敷地こそ小さいものの、観光名所としてもよく知られている人形供養の神社だ。エンジェルドールのような人形は見た覚えが無かったが、カエルやタヌキといった動物系、日本人形、羽子板人形等、様々な種類ごとに人形が境内に所狭しと置かれている。その数は三千をゆうに超えるそうで以前に旅行気分で訪れた時、ひどく驚いたものだった。人形の怪異について、もっとも信頼できる相談先に思えた。

A神社は真冬ということもあり、参拝客の姿はなかった。記憶を頼りに境内を歩きながら神職の人を探すと、ちょうど宝物庫の裏で掃除をしている男性を見つけた。

「申し訳ありません、僕、羽田と言います。ちょっと人形のことで神主さんに相談が……」

「えぇ、どうぞ。神主は私ですが……」

「あ、失礼しました。えっとこの人形なんですけど……」

神主さんは優しい顔つきの男性だったが、僕がカバンから取り出した美夢を見て、さっと顔色を変えた。

「……これは？」

僕が今までの経緯を掻い摘んで説明すると、神主さんはじっと考え込み、すぐにきっと顔をあげた。そこにはこれ以上なく険しい表情が浮かんでいた。

「……この人形はここで預かっておきますから、すぐにその美由紀ちゃんもここに連れてきてください」

「え？ で、でも今からだと連れてくる頃にはすっかり夜になってしまいますが……」

「……明日を悠長に待っている余裕はありません。できるだけ早くに、その子を救いたいのであれば」

それだけ言い残すと美夢を腕に抱え、神主はすぐに社務所の中に入っていった。そのただならぬ様子に僕は不安でいっぱいになりながらも、駅に向かって駆け出したのだった。

六.

彼女の家の住所は頭に入っていた。ちょうど僕の家と神社の中間くらいにある。以前、彼女の帰宅を尾行したことがあるのだ。それがこんな形で役に立つ日が来るとは。

呼び鈴を押すが、なかなか反応がない。彼女の家はわりあい質素で、インターホンのようなものはついていなかった。宮寺が言っていたことが本当ならば当然かもしれない、父母も来客に対応する余裕なんてないのだろう。しかし、何としても取り次いでもらわなければ。僕はそれから数回呼び鈴を鳴らした。

　ガチャっと鍵の開く音がして、ドアが開いた。顔を出したのは中年の男性で、おそらく父親だろう。がっしりとした体格で精悍な顔つきをしているが、酷く憔悴していることが見て取れた。

「どなたですか?」

「あ、えっと、美由紀さんのクラスメイトの羽田と言います。美由紀さんの具合、どうでしょうか……」

「あぁ、美由紀のね。心配してくれてありがとう。一向に治らなくてね、とても顔を出せる状態じゃないんだ。えぇと羽田くん。娘に何か……?」

　不審そうな目つき。仕方がない、クラスメイトの男子が突然家にまで押しかけてきたのだ。更には娘さんの髪の毛を集めて人形を作ったら、それと連動して娘さんの具合が悪くなった。こんな眉唾な話を大事のときに誰が信じるだろうか。それでも覚悟を決めて話す。

「実はK神社の神主さんから、娘さんをすぐに連れてこいと言われました」

「……K神社?　神主さんってYさんのことかい?　Yさんがすぐにウチの娘を連れてこいと言ったんだね?」

　どこまで話せばまともに聞いてもらえるだろうか、と結論から切り出してみた。「は?」と返されるのが関の山だと思ったら、思いのほかお父さんがK神社の言葉に食いついてくる。なぜか神主さんの名前まで知っているようだ。

「は、はい、多分そうだと思います……」

「……わかった、行こう、支度をする。詳しくは車の中で話そう」

美由紀の父は玄関を閉めると、すぐに中からバタバタと走り回る音が聞こえてきた。拍子抜けしたのは僕のほうだった。

——五分後には僕、そして折原一家は折原父の運転する車でK神社に向かっていた。父が家から抱えてきた美由紀はすっかり衰弱していて、意識も曖昧なようだった。頭には帽子を被っている。帽子はぺったんとしていて、頭髪のふくらみを感じさせない。宮寺の話は本当だったようだ。彼女の美しい髪が失われてしまったと思うと、僕はまたも罪悪感でいっぱいになった。

車中で僕は全てを包み隠さず説明した。美由紀を救えるのであればどんなことでもするつもりだった。一笑に付されると思った人形の話も、折原父母は真剣に聞いていた。美由紀は明日入院の手続きをちょうど取られていらしい、かかりつけの医者が部屋まで見に来てくれたがお手上げだったそうだ。なぜすぐ僕の話を信じてくれたのか問うと、昔K神社に仕事でお世話になったとだけ答えをもらった。その様子から、余程深い事情があるものと窺えた。

そこから先は互いに無言で、沈黙だけが車内を支配していた。いや、美由紀の荒い息遣いだけが車内を支配していた。

――神社の駐車場に車を止めると、すぐ神主さんが出迎えてくれた。神主さんは折原のお父さんを見て目を丸くし二言三言、言葉を交わすとすぐに美由紀さんと対面する。額に手を当てたり、脈を取ったりとする中で、顔つきはますます険しいものになっていった。

美由紀を車内からおろし、神主さんが抱える。

「ことは一刻を争います、すぐに祈祷を開始します。お父さんお母さん、それに羽田君は社務所で待っていてください。何時間かかるかわかりませんが最善を尽くします。何があっても扉を開けないこと、いいですね」

神主さんはそのまま足早に引っ込んでいった。暗がりの中うっすらと見えた祈祷所には、多くの蝋燭に灯が灯され、十分、二十分で済むものではないことが窺えた。扉が閉じられると中で何が行われているのかは全くわからない。

「Yさんに任せよう……」

社務所に戻り、折原父母と三人でただ待つ。社務所に暖房は無く、古いだるまストーブが一台ついているだけだった。ほとんど効果はなく寒かったが、誰も一言も言葉を発しない。ただただ、静かにYさんの祈祷を終えるのを待つだけだった。時折泣き崩れる折原母を抱きすくめる折原父。ジジジ……と時たまうなりをあげるストーブと今にも消えそうな炎の揺らぎ。僕はそんな光景を目にしながら、下手な呪術に手を出してしまったことを深く後悔した。僕が死んで償えるなら、今すぐ死にたかった。

——日付が変わるギリギリの頃、襖があき、ようやくYさんが社務所に顔を出した。その表情はぐったりと疲れ切っていたが、祈祷の成功を物語っていた。Yさんの手を取り、ありがとうございますありがとうございます、と涙を流し何度も頭を下げる折原父母。それをそっと横目で見ながら、僕自身はへなへなとその場に崩れ落ちたのだった。

七.

Yさんを交えて四人で社務所のだるまストーブを囲む。手元にはYさんの妻が入れてくれたお茶があり、じんわりと手を暖めてくれている。

「祈祷は成功しました、はやくに対応できたのが本当に良かった。羽田君、今回の呪いの原因は君にありますが、すぐにウチに駆け込んできたことだけは正解でした」

「申し訳ありませんでした……」

床に額を擦り付けんばかりに僕は頭を下げる。

「美由紀さんの意識はまだ戻りませんが、あとは時間の問題です。今は家内が別室で面倒を見ていますが……羽田君に悪気が無かったことは良くわかっています。しかし、安易に怪しげなまじないに手を出してしまう姿勢は感心しません。以後気を付けなさい」

「はい……」

僕の顔にはっきりと反省の色が浮かんでいるのを見て取れたのだろう、神主さんの顔にはまた笑みが戻った。

「とはいえ、まじないの危険性への認識が薄れてきてしまっているのは事実、そしてそれは我々神職につくものの責任に寄るところもあるでしょう。ここから先の話は本来なら他言無用です。しかし、それが災いを招くこともある……話の扱い方は羽田君にお任せします。今回の事件の全貌を全てお話ししましょう……」

そうして神主さんが当時、語ってくれた内容は想像を絶するものだった。

「K神社では毎年『流しびな』をやっていますが、人形は「ひとがた」と読み、古来から人間の身代わりに厄を引き受けてくれるものでした。人の代わりとして当然呪術にも多く用いられていて、古くは日本書紀にもその記述があります。

今回の人形呪術はもっとも有名な丑の刻参りの変型で『髪形代（かみかたしろ）』というものです。羽田さん、丑の刻参りという儀式はご存知ですか」

「夜に白装束を着て、藁人形に釘を打ち込むやつ……ですか？」

「そうですね。諸説ありますが概ねそのような形態を取ります。『丑の刻』はそのものずばり、ちょうど儀式の開始時間が語源です。現代の午前一時ですね」

午前一時……手紙の手順にもその時間が確かに書かれていた。

「丑の刻参りの目的は対象者の呪殺ですが、今回の形態では人形を用いて対象者の生気を奪います。『流しびな』は人が受ける厄を人形に飛ばすものですが、『丑の刻参り』は人形が受ける厄を人に飛ばすものです。術式は七日間で完成するものですが、三日目を過ぎるともう全快は臨めません。美由紀さんの場合は今日が二日目でしたから、本当にギリギリのところだったと思います」

「さて……今回の呪術には特徴が大きく二つあります。一つは対象の特徴物として八本の髪の毛を用いることです。古代から八は聖数とされ様々な場面で用いられますが、単純に数が大きいことも意味します。仏教の煩悩では百〝八〟、神様についても〝八〟百万の神、なんて言い方もしますよね。最近は科学の世界でも毛髪からＤＮＡを特定して……なんて話を聞きますが、古来から女性の髪には魔が宿るとも言われ大変重要視されてきました。それを人体の全てを司る頭部に八本埋め込むことで、人体の全てを掌握するとされています。そしてもう一つ大きな特徴が……頭部に死者の顔を使うことです。

「おそらくこの美夢ちゃんの顔も死者の顔、いわゆるデスマスクが元になっているのでしょう。デスマスクとは石膏や蝋で人の死後、すぐに顔の型を取ったものです。本当の人間の顔をそのまま使うのですから、それはリアルなものが出来上がります。造形の些細な違いはあっても、人がデスマスクそのものに魅せられてしまうのはその点です。縮小されてもそれは変わりません。ところで羽田くん、この頭部の制作者とは既に連絡が取れなくなっているらしいですね」

僕は小さく頷く。メールもＷＥｂサイトも一切不通になっていた。

「であれば、おそらくこの読みに間違いはないと思います。八年前、うちに同じような人形が運び込まれてきました。その子は日本人形で、今風の人形であるこの子とは似ても似つきませんが同じ呪術が施されていました。当時はまだインターネットも普及しておらず、製作者を特定することができたのです。製作者の工房には、数百を超えるデスマスクが整然と並んでいたそうです。この事件の真相は表には全て出ていませんが、当時私と一緒に捜査に当たっていた捜査官が折原さんです。まさか今回の被害者がその折原さんの娘さんだったとは……これも何かの縁でしょうか。

「さて、それではなぜ私が『髪形代』という呪術に辿り着けたのかというと、その日本人形を解体した時、頭部の裏にびっしりと経文が並んでいたのです。私がその呪文を元に神社の庫裏を漁ってみると出てきたのが『髪形代』に関する古い記録でした。この世に強く恨みを抱いた人物の死相を使うことで術式を簡易化できると平安時代に流行ったものだとか……先ほどこの人形の頭部パーツの内側を少し削ってみました。見てごらんなさい」

……そこには黒い筆文字でびっしりと経文が書かれていた。所々に「呪」や「災」という文字が読み取れ、これが呪いを意味するものであることがわかる。その経文の筆跡はあの奇妙な手紙とも一致していた……。

「このタイプの人形は頻繁に頭部を取り外すので表面をコーティングしておいたようですね……今回は対応が早く済んだこともあり、美由紀さんの呪いの進行を食い止めることができました。髪については、申し訳ないのですがすぐに戻ることはありません。一番強く呪いの影響を受けている部分ですから。とはいえ、一時的なものです。一年程待っていれば、すぐに生えてくると思いますよ」

「最後に、この神社になぜこんなにたくさんの人形をお焚き上げせず残していると思いますか？ 見世物ではないんですよ、これは呪いを薄めるための装置なのです。前の『髪形代』の呪いを分散させるために、三千体の人形が境内に並び今でも呪いを薄めています。最近ようやく感知するのがやっとの段階まで下げることができました。この美夢ちゃんもウチで暫く預からさせて頂こうと思います。まぁまた十年位見れば、呪いも消えてなくなるでしょう……」

八、

ある程度脚色はしているが、以上が僕の出会った怪異の全てだ。

その後一年間、彼女はウィッグで高校生活を過ごした。病気だと説明した彼女を周りは気遣い、その点で彼女が苦しむことは無かったようだ。また、高校生活の終わりには地毛で元の長さまでの髪を取り戻していた。

今回の製造者については折原のお父さんを中心に極秘捜査が進められたものの、遂に特定には至らなかったという。一番恐ろしいことは、奴の意図が全く読めないことだ。単なる悪趣味によるものなのか、他の目的があるのか……この呪術は相手の髪の毛八本があれば完成する。住所や氏名がバレている以上、僕や家族の命は奴が握っているようなものだ。幸いなことに未だ全員存命だが、通販サイトにはあれ以来一切手を出さないようになった。

A神社には今でも多くの人形に交じり、美夢が祀られている。エンジェルドールの奉納は少ないから、実際かなり目立つような気もしている。訪れる観光客達が、人形が大量に奉納されている真の理由、美夢の正体を知ることはないのだろう。それでも美夢は本殿の中からじっとこちらを見つめている。

随分と長くなってしまった。

人形供養の神社は全国に数カ所あるが、その気になればA神社の場所も特定できてしまうかもしれない。しかし、特定されても困ることは無い。冒頭でも述べたように、僕は一人でも犠牲者を減らしたいだけなのだ。

もしあなたが今、あるいはこの先、ドールを買うことがあれば必ず頭部の裏を確認して欲しい。見慣れない文字が書かれていないだろうか。あるいは髪の毛が混入してはいないだろうか。

顔の造形が異様なまでにリアルではないか。
心当たりが一つでもあれば、必ず僕に連絡して欲しい。それだけが僕の望みだ。

都市伝説　仕掛け呪い……

低迷アクション

〝呪い〟と聞くと、皆さんは何をイメージするでしょうか？
日本では丑の刻（夜中の二時くらいでしょうか？）に藁人形を木に打ち付ける〝丑の刻参り〟が有名ですが……私は小説「呪いをかければ……」（ＭＲジェイムズ著）を、真っ先に思いつきます。これは、外国でも有名な〝呪い返し〟の話ですが、現代でも同じような事があるようです。〝一つの都市伝説〟に実際に遭遇してしまった人と、それに対応した〝方法〟のお話をしたいと思います。

「担当したマンションで嫌な事があってさ……」

自身のグラスにお店自慢の日本酒を注ぎながら、いささか苦虫を噛み潰したといった感じで、友人のＳは喋り始めました。不動産屋に勤める彼は、仕事柄、土地や賃貸に関係した不思議な出来事などの〝裏話〟を私にしてくれます。例をあげると、井戸のあった土地で地鎮祭をやらなかった（時々あるそうです）物件で、床下から生臭い匂いがいつまでも漂い、借り手がつかない話や、マンションですれ違った女性が屋上に上ったきり、姿を消した事など……ネタに尽きる事がなく、行きつけの飲み屋で、いつも一興を咲かせてくれます。また、彼は学生時代の先輩や後輩に物件を紹介する事も多く、周りから重宝される存在でもありました。これは、その物件を紹介した一人の後輩から相談事を持ちかけられた事から始まります……。

＊

「あの部屋って、事故物件なんですか？」

少し青褪めた表情の、彼の開口一番はこれでした。事務所では話にくいと、本人の希望もあり、勤務を早めに上がり、最寄りの居酒屋に入ったSは注文を頼む前に、いきなりこう言われ、いささか面喰いました。後輩は言いにくそうにではなく、担当直入に切り出した事もあります。普段の彼なら、先輩間の上下関係をしっかり重んじている事ですし、ましてやSの顔を潰すような、失礼な事を言うような性格ではありません。

「いや、特に何も聞いてないけど……確かに築年数は長いし、周りに比べれば古いよ？　だけど家賃だって問題ないし、駅からも近い。いくら後輩だからって、お客さんだぞ？　こっちの信用に関わるような事はしないよ。ちゃんと事故物件なら、そう伝えるし、お前の要望には合う部屋を紹介したつもりだぞ？」

不機嫌な様子を見せる訳にもいきませんが、ついつい声が大きくなってしまったようです。

ですが、後輩はそれを気にした様子もなく、しばらくテーブルを見つめた後、ポツリ、ポツリと話し始めました……。

「始まりは三週間前でした」

ある平日の日の事です。夜中の二時頃、次の日が休日だったため、夜更かしをしていた彼の耳に、玄関を、

「コ〜ン……コ〜ン……」

と二回、叩く小さな音が聞こえました。

学生時代ならまだしも、今は社会人です。こんな時間の来訪者はいないと思いますし、携帯にも何も連絡が入っていません。また、同じマンションに住む住人達の可能性も考えましたが、会えば会釈する程度の付き合いです。

悪ふざけをするような人もいません。それでも気になった彼は玄関まで行き、覗き穴を確認しました。誰もいません。不思議に思いながらも、その日は眠りました。

翌日は自宅に戻った後、食事を済ませると、明日は会社があるので、早めに休みました。

布団に入り、熟睡していた彼の耳に……。

「コ〜ン……コ〜ン……」

昨日と同じ音が響きました。はね起きた彼は、玄関の方を見ます。音は、それっきり何も聞

こえません。時間は昨日と同じ夜中の二時……朝まで眠る事が出来なかったと言います。

次の日も、また次の日も。何度か玄関を開けて確認をしましたが、誰もいないのは、いつも同じです。毎夜二時に決まって鳴る音……その内気づきました。

「ドアをノックする音じゃないんです」

それは、テレビで伝統工芸品を作る職人の特集を観ていた時の事です。作業工程の一部で、職人が木槌を用いて、のみを打つ音が流れた時、気づきました。小さく僅かな音ですが、玄関で聞こえる音に、とても似ている音だったそうです。

「つまり、誰かが、お前んとこのドアを毎晩夜になると叩くのか？　木槌とのみを使って？　大家さんとか近所の人には聞いたか？　そんな事があったら警察沙汰だよ？」

Sは若干おどけたように言いました。ですが、後輩は笑いません。

「勿論、聞きました。隣の人も、何も聞こえないって言ってましたし、大家さんも同じです。大体、夜中にそんな音が響いたら苦情来るよ？　なんて言われました。ですから聞いたんです。何かいわくのある物件じゃないかと。それにだんだん……」

そこまで言って彼は黙ります。嫌な予感がしました。

「ドアを打つ音が大きくなってるんです」

＊

「おっ、今日は何かのお祝いか？　珍しい顔が揃ってんじゃん！　てか、顔色悪いな？　もう酔ったのか？　〇〇‼（後輩の名前です）」

店に入って第一声、大きな声を上げたのは、私とSの共通の友人Tです。彼はオカルトやホラーが大好きで、サバゲーの恰好をして心霊スポットに乗り込んだり、クリスマスの夜に「天狗に会いに行く」とか言って、野郎二人でイルミネーション賑わう山とは反対の山（勿論、曰くつきです）に乗り込む〝少しねじ曲がった方向〟に行動力がある事で有名な奴です。

実は、この時のSは後輩の話に不気味さを感じつつも、まだ半信半疑だったそうです。

もしかしたら、仕事の疲れが溜まってるとか？　何処かで聞こえる音（駅も近いですし、夜中に線路を見る人達の作業音の反響など）を混同しているのでは？　そんな疑いを持っていました。Tに来てもらったのは、彼の底抜けの明るさと何処か〝偏った〟フォローやアドバイスで、少しでも後輩の気持ちが紛れればと思ったからだそうです。

「いや、そういう訳じゃないんだけど、ちょっと話聞いてやってくれよ」

席にどっかりと座り、ビールを頼んだTは後輩の話に耳を傾けます。彼が同じ話をして、横からSが補足説明をする形となりました。一通り語り終えた頃には、Tのジョッキは空になっています。杯が空になれば、すぐに次を注文する彼にしては珍しい事でした。

「釘だな……」

「？」

「？」

首を傾げる二人に淡々とTが語ります。

「のみじゃなくて、釘だよ。それ」

「釘ですか……」

「その音は、お前だけにしか聞こえないんだろう？」

頷く後輩を確認し、Tは次のビールを注文してから、少し黙って後輩を覗き込み、こう言いました。

「外で何拾った？」


それはほんの些細な事だったそうです。Tに聞かれる前まで後輩自身思い出す事はなかったと言っていました。ハッキリとはしませんが、恐らく数週間前、自転車で通勤している彼は、帰り道に〝何か〟を轢きました。轢いたというより、前輪が「ガリッ」と音を出し、乗り上げた衝撃を感じたそうです。音的にも金属片の感覚だと思った後輩は正体を確かめようと、携帯のライトで地面を照らしました。

「何かの破片か？　これ？」

そこには、赤錆びた鉄の棒のようなものが転がっていました。大きさは携帯電話より少し長い程度のものです。先は鉤上に少し曲がっており、何かの工業部品の感じだったと言います。道を塞ぐほどのモノではありませんが、鉤の部分を乗り上げれば、自転車のパンクは確実です。この道は駅から、住宅地へ抜ける細い近道です。車も通らない幅であるため、自転車に乗る人は、ここを多く利用します。少し考えた後、彼はそれを拾い上げ、脇の側溝に放りました。こうしておけば、後から来る人達に迷惑をかける事もないと考えたのです。


そこまで話した後輩を手で制し、Tは店員さんを呼び、お会計を頼みました。少し驚くSが声をかける前に、彼の方が先に口を開きました。

「今から、そこに行こ」


「これか？　お前が投げたっていうのは？」

問題の棒をライトで示し、Tは後輩に尋ねます。店を出て一時間、少し時間はかかりましたが、見つかりました。水は流れていない側溝なので、同じ場所にずっとあったようです。

「そうです。なんですか？　それ」

「五徳の棒の部分だよ」

「五徳ってあのキッチンの火つけるとこについてる、鍋とかのっける奴の破片か？」

「さすが、不動産！　最も、今はＩＨだっけ？　あれが置いてある家多いけどな」

「で、その五徳に何の意味があるんですか？」

Tは、それには答えず、五徳の破片を居酒屋から、もらったタオルで包みました。

「今度はお前の部屋に行こう。そこで話す」

そう喋る彼の表情は固く強張っていました……。

「俺も見るのは初めてだけどな……」


部屋に着くなり、タオルと一緒に用意してきた〝道具〟を並べたTは、まず日本酒で五徳の棒をしっかり洗い、それを後輩の玄関の外に、和紙で包んで置きました。最後に玄関の端と端に盛り塩を備えたところで一息つく感じになりました。あっけにとられた感じの後輩とSを見て、ようやくTは喋り始めたそうです。

「呪法の一つで丑の刻参りってあるだろ？　頭に蝋燭蒔いて、藁人形打つ奴。あれさ、最近知ったんだけど、昔は頭に五徳を付けて、とんがってる三つの棒部分に蝋燭をつけたらしいな。そうすれば、ろうが垂れても頭にはつかないから、熱くない的な感じでさ。ただ、本当に呪い狂ってる奴等には熱さなんて関係ないって言う人もいるけどな。俺も全くその通りだと思う」

　そこまで言って、一息とばかり……日本酒を手酌で煽る彼に後輩が畳みかけるように喋りかけます。その声は勿論震えていました。

「じゃぁ、俺が拾ったのは、その呪いで使われた五徳の破片なんですか？　何でそんなもんが……」

「〝道端に〟だよな。そこが、この話の嫌なところなんだよ。これは聞いた内容の通りだと〝仕掛け呪い〟って言うやつらしい」

「仕掛け呪い？」

「特定の誰かを狙ったものじゃなくて、無差別なタイプ。テロみたいなもんだと思う。首吊り自殺者のロープ、人殺しの奴が使ってた携帯、あと、さっき言った丑の刻参りで使った道具とかね。とにかく、事件とか呪いに使われた品物ってのは障りとか謂れのあるモノになる。それに念を込めて（念を込める方法まではわからないそうですが）駅のベンチとか電車内、そこら辺の道端に置いておくんだそうだ。〝触ったり、拾ったりする奴に呪いや障りが出るように〟と恨みを込めてな。見知った顔じゃない、知らない他人が傷ついたり、困ったりする様を想像して楽しむ呪い、特定の誰かを狙う訳じゃないから、恨みの程度は弱いかもしれないけど、その分仕掛けた方も気負う必要もない。傷つくのは何も知らない他人だし、自分がやったって絶対にバレる事はない。今の生活に不満がある。ストレスに怒りや欲求があるけど、現実ではどうにもならない。だから誰彼構わずにネットで誹謗中傷書いたりする行為……あれに近い。責任や相手に与えるダメージを何にも考えないですむ環境で、自分が絶対に安全だと思える場所から発信する。『他人の事なんか知ったこっちゃねぇっ！』っていう感じで行える〝手軽な呪い〟なんだ……」

「怖いっすね。何か……」

絞り出すように喋った後輩に、Tはとても不快そうな顔をしたと言います。

「お前、結構優しいな。良い迷惑だろ？　かけられた方としてみたら！　怒るところだぞ？　普通っ!?　お前としては親切心で行った行為だろ？　〝他に自転車で通る人が危なくないように〟ってさ。そこを利用されたんだぞっ!?　呪いを仕掛けた奴だって少しは考えてるんだ。自転車しか通らないような道に尖ったもんを置いておけば、誰かがオマエと同じ考え起こして、触るだろう？　ってな。自分のしょうもねぇ鬱憤を晴らすために、わざわざ下見して、いや、もしくは通り道かもしれないけど……通り道だったら、もっと最悪だな。五徳無くなったの確認して、誰かが困っているのを毎夜想像して楽しんでんだぞ？　もしくはネットでそういった被害を載せて、知恵袋なんかで相談してる奴見て、訳知り顔で対策教えて、〝感謝とお礼〟もらって崇拝されてもいい。そんなゲスイ陶酔感とか鬱憤晴らしに浸ろうって奴が、今も何処かでニヤニヤしながらマウスいじってるとしたら？　もしくはそれを仕掛けたのが、今ここで訳知り顔に喋ってる俺かもしれないって思ったら、いくら優しいお前だって、頭煮立って怒ってくるだろ？」

Tは捲し立てるような口調で喋ります。後輩はしばらく黙ってから、先程と同じように肩を震わせて言葉を返します。

「それでも怖いです……」

Sも同じ気持ちだったと言います……。

この問題の解決法は至って簡単だとTは言いました。

「〝化け物の正体見たり〟って奴と同じでな。どうもこの手の呪いは手順が簡易なだけに、解除も簡単みたいだ。まずは触れてしまった呪いの品を酒で清める。次に、その品を持ち主の居住空間から、外に出る入口前に置く。後は盛り塩で入口を固める。すると〝呪い〟はお前の方に来る前に、自身の依り代となるモノが置かれている事に気づき、正体がバレた事を知るそうだ。その後は……」

「その後は？」

「呪いをかけた持ち主の元へ返っていく」

後輩たちは、その意味を察しながらも尋ねる事はできなかったそうです。打ち合わせをした訳ではありませんが、全員で音が鳴る夜中の二時まで待つ事になりそうでした……。

「そろそろ、問題の時間だな」

時刻は夜中の一時五十分になりました。時計を見たSが呟きます。音が鳴るまで、後十分。

次の日が休日だというT（恐らく嘘だと思いますが）と、車で来たSには帰りの電車を気にする必要はありません。玄関前に置いてある〝五徳の棒〟は、彼らが定期的に玄関を開けて、所在を確認しているので、誰かに持って行かれる心配はありません。三人とも、ちょうど話す事もなくなり、ボンヤリとテレビを観ている最中に、それまで黙っていた後輩がポツリと言いました。

「T先輩、やっぱり止めませんか？　……」

「……止めるって、そこの盛り塩を片付けろってか？」

Tが尖った口調で聞き返します。静かに頷く後輩に、Sがフォローを入れました。

「いや、コイツもそこまで信じちゃいないとか、そういう訳じゃないけど、何となく……その〝呪いを返す〟って事が気になるよな？　ちなみに聞くけど、返された相手はその後どうなるんだ？」

後輩の気持ちを汲み取った形で喋るSに合わせて、彼も頷きます。

Tはしばらく不快そうな表情でこちらを見ていましたが、少し笑った後、とても穏やかな顔（強面の彼には本当に似合わない表情です）で言葉を返してきました。

「何だか、本当に優しい奴等だな？　それとも人情タップリちゃんなのか？　でも大切な事かもしれないか……別にそんなに気負わなくてもいいよ。聞いた話じゃ、ここで起こってる事が、そのままかけた方に移るだけらしいから。後は連中に始末をつけさせればいいって話だ。最も、丑の刻参りとかで聞く〝呪い返し〟は術者に大変なしっぺ返しがあるみたいだし、これだって、送った相手本人から話を聞いた事がないから、どうなるかは、わからないけどな……。それに……もう時間だ……」

Tの乾いた言葉に、Sと後輩は「ハッ」と気づき、時計を見ました。時刻は午前二時三分。彼の話に集中していたせいか〝例の音〟は何も聞こえませんでした。

「もう開けても大丈夫だよ」

続くTの言葉に、二人は、恐る恐る〝盛り塩〟を乗り越え、玄関を開けました。後輩が震えながら呟きます。

「無くなってる……」

外に置いてあった五徳の棒がありません。和紙も一緒に持っていかれたようです。静かなマンションの中、これを持ち上げれば、小さな音の一つはするでしょう？　だいたい、五徳の棒なんて、誰が持っていくというのでしょうか？　立ち竦む二人の後ろで、手早く塩を片付けたTが静かに呟きました。

「俺のダチは、コイツに悩まされ続けた挙句、今だに入院してる」

その声に、二人は振り向きます。驚くほど冷たい表情の〝彼〟がそこにいました。

「報いを受けるべきなんだよ……」

Tの言葉を聞きながら、後輩は開け放ったドアの外……何処か遠くの方で「コ～ン」と木槌を打つ音を、かすかに聞いたそうです……。

ノリエ

さたなきあ

知り合いに、実話怪談本を出しているヤツがいる。

そいつは、よく飲み屋に行くそうだ。

そう、安酒専門で。何とかログには載らないだろうが、それなりに流行っているという店に。

べつだん、酒が好きで好きでたまらないというわけじゃあ、ない。

ああいうところは、何というのかな。色んな人間が集まってくる。そうして、様々な話を開陳する。どうしようもなく、くだらない話。天下国家を憂う話。会社の内部事情。エロ話。痴話げんか。あるいは、ちょっと——いや色々な意味で危ない話。挙げていけばキリがない。

その中には、怪談や、それに近いものも当然まじっている。

知り合いは、そういった話をチョイスして聞き取り。時には初対面の人間に一杯おごるなどして、『ネタ』の収集に励んでいたのだ。やり方として、正しいか正しくないか。効率的かどうかは知らない。そういったやり方もあるということだ。

そうして——ある夜。その話を耳にすることになった。

「あんた——知ってるかい？　ノリエをさ」

相手は初老にも見えたし、五十前後くらいにも見える男だった。寒気がしのびよる季節だったが軽装で——あまり、まっとうな仕事をしているようには思えなかった。知り合いは、最初無視をしていたそうだが、酔漢の常として向こうから、ねちっこく話しかけてきたそうだ。

「ノリエ？　芸能人か何かかい。最近の歌手とか新人とか——そういうのは詳しくないなあ」

「違う。ぜんぜん、違うんだ。なあ、あんた、聞いてくれるかい……」

軽装ではあったけれど、男は髪の毛も服も清潔で、ホームレス等には思えなかった。多少、アルコールのメーターはあがっているようだが、店の他の客も五十歩百歩だ。

違法薬物なんかに手を出している手合いなら、すぐに分かると知り合いは言う。その意味でも男は、まあマトモに思えた。だから耳を傾ける気になったと。

そもそも知り合いは、そのために店に通っていたわけだし。その時点では使える話かどうかは、まったく未知数だった。未知数だったんだが……。

「口裂け女とか——流行ったことがあったろう。おぼえているかい？　色々と騒動が起こってさ。警察まで乗り出してきたじゃあないか。あの頃、俺はまだ高校生だった。俺の学校には卒業祭ってヤツがあってさ。文化祭ほどじゃあないが、それなりに盛り上がるんだ。で、その時、俺は二年生でね。何といったらイイのかな。映画部のようなものに入っていた。

映研ってヤツかな？　今現在のレベルで見れば噴飯ものだがね。おもちゃみたいな機材をいじりながら、撮影の真似事にふけっていたわけさ。それで卒業祭の出し物に、ちょっとした怪奇映画をつくろうという話になったんだ。フツーなら、もう少し真面目でマシな企画でも考えるんだろうが、そこが当時レベルってやつでね」

男はカウンターに置きっぱなしになっているグラスから、冷酒をすすった。一口だけ。

「……俺の育った町には、ある噂があった。いや、通った小学校と言い直した方がいいか。さっき言った口裂け女やトイレの花子さん。ああいったモノなら誰でも知ってるよな。最近ならネット発祥の——『きさらぎ駅』なんかもそうだ。詳しくなくても聞いたことくらいは、あるはずだ。言ってみればメジャーだ。メジャーな学校伝説、都市伝説ってやつだ。ところが、マイナーなヤツもいくらでもあるんだよ。田舎でも郊外でも、そうして本家の都市地域——でもな。ほとんどの人間は知らない。耳にも入らないってヤツがね」

「それが——ノリエなのかい？」

知り合いの問いかけに、男はかすかにうなずいた。

「ああ、そうだ。○○区の××小学校。……知らないだろうな。日没前後から、夜間にそいつは現れる。

なぜ、ノリエというのか。誰も知らない。人の名前なら姓なのか名なのか——分からない。他に意味があるのか、そういったことはさっぱりなんだ。

噂で伝わってくるのは、男か女かもはっきりしないノリエが、学校の校舎に現れる。屋上に立っていることもあれば、校舎の前に佇んでいることも。もちろん、校舎のなかにも、だ」

「大昔に、怪人赤マントというのを聞いたことがあるよ。ようするにノリエも怪人というわけかい？」

知り合いがまぜっかえすと、男はしばらく黙ったらしい。気分を悪くしたというよりも、ちょっと考え込んでいるという印象だったそうだ。

「赤マントね。いいや、怪人――そんな代物じゃあない。とにかく、ノリエが出没するのは校舎か、そのすぐ近くに限られている。

そうして……」

「そうして、どうなる？」

少し興味をひかれた知り合いは、重ねて問いかけた。『ネタ』の臭いを感じたんだろうな。知り合いは都市伝説のたぐいにひどく詳しかったが、その、ノリエってヤツは初耳だった。

しかし。

「……分からん。いや、分からなかったんだ。噂は確かによく聞く。ところが、かんじんの遭った奴が、まず分からない。学校伝説なんだから荒唐無稽なのは、まあ、当たり前なんだがね。それでも断片くらいは聞こえてくるもんだ。荒唐無稽だけれど、ほんの少しのリアリティ。それが必須、だろう？　あんたは、そういうのに詳しいはずだ。それが――皆無。だから、何が起こるのかも分からない。分からない尽くしでね」

「ふうん。なんだか、中途半端だな」

口裂け女にしろ、花子さんにしても、無数のバリエーションがある。それが学校伝説を含む都市伝説の特徴だ。

伝播の過程で大勢の人間が話を脚色し、尾ひれはひれがつき。原型が分からなくなるほど変質する一方で、また増殖してゆくものなんだが。

知り合いは、当然、その事を指摘したよ。すると男はちらっと顔をあげて――知り合いの方に値踏みするような視線を送った。イヤな感じだったそうだ。

「……そうだ。ノリエのことは何も分からなかった。だから俺たちは、その続きをつくろうと思いたったのさ。つまり」

かつて在学していた小学校に忍び込み、ノリエが現れるという校舎を克明にフィルムにおさめ。自作自演でオリジナルの、ノリエのストーリーを描写する。

いないならば、細部が分からないならば？　自分たちでつくってしまおう。創造しよう。嚆矢になろう！

馬鹿げた、あるいは呆れた発想だが、それを馬鹿げているとも何とも思わない年頃だった、と。

「誰が言いだしたか忘れたが、部員で俺を含めて四名が乗り気になった。今、思えばやめておけば――やるんじゃなかったよ、あんな真似。心底そう思うのさ。とてつもなく高く、ついた――といって、今からじゃあ、どうにもならないんだが……」

「どういうことだ。何か、あったとでも？」

男はまた冷酒をすすった。一口だけ。

そして、知り合いの問いには答えずに話を続けるのだった。

「……学校に忍び込むこと自体は、ぞうさもなかった。『あの事件』のずっと前だ。警備員が常駐しているわけでも、監視カメラがあるわけでもない。ゆるゆるさ。それに、問題の校舎は——その頃は旧校舎か。鉄筋四階建てなんだが、取り壊し予定でね。人気がまったくないんだ。これ以上はないくらいに、おあつらえ向きだったよ。まあ、それも一つの手管だったんだろうが」

「手管?」

妙な単語が急に飛び出てくる。手管とはなんだ? けれど、男はこれもやはり無視だった。

「晩秋で——日没前だった。

まあ、馬鹿だと言っても平日を避けて日曜を選ぶくらいの頭はあった。校庭は広かったけれど、寒空の下、遊んでいるやつは誰もいない。教員もな。俺たちをとがめる大人はいやしない。で、俺たちは簡単に旧校舎の中に入りこんだ。出入り口の鍵は旧式で、おまけに壊れていたよ。ちょろいなんてもんじゃあない。

もっとも、校舎内は電灯なんか点いていないんだが。残照がさしこんできて、ちょうどいい雰囲気の薄暗さだった。

他の三人。まあ、名前は山田、加藤、田中とでもしておこうか。

一人は廊下で持参した装束で仮装を始めた。雑な——幽霊のできそこないもイイところでね。

それから全員で中央の大階段に行って、これも持参した機材で階段をのぼりながら撮りはじめた。

こいつがノリエ役ってわけだ。

ほら、よく怪奇ドラマなんかであるだろう。のぼってものぼっても果てがない階段。

あんなもの、簡単な編集だ。高校生だって楽々だ。最近ならスマホの動画で、小学生だって編集できるレベルか。

まあ、それはいい。そうやって薄暗い階段をのぼっていくと、当然四階の踊り場に出る。そこから上は屋上だ。予定では、まずそこに仕立てたノリエを雰囲気たっぷりに立たせるはずだった。ところが」

「ところが？　どうした？」

言葉を切った男はさらに冷酒をすする。一口だけ。

「踊り場に——誰か、いたんだ」

「誰かって……誰だ？」

男は冷酒の入ったコップを握る。が、今度はすすろうとしない。

「最初は教員の誰かだと思った。当時はまだ、宿直制ってヤツがあったはずだから。見回りに来た教員に運悪く見つかったんじゃあないかと。そうなるとコトだ。高校生の鳥頭でも想像がつく。何しろこっちは公共施設への不法侵入。私設の無断徘徊と無断使用。それからひょっとすると器物破損。タダじゃあすまない。俺は、金縛りみたいに動けなくなったよ。他の連中も似たようなものだったろう。けれど」

「けれど？」

「……何か、おかしい。その誰かは俺たちを見おろしているはずなのに、何も言おうとはしないんだ。声も出さない。俺たちを咎めもしない。ただ——ただ黙ってそこに、うっそりと佇んでいる……。

それにだ。踊り場の横には小さいが窓がある。頼りない最後の残照が僅かにさしこんでくる。残照を浴びているのに姿がはっきりしない。何と言ったらいいものか。そいつは、シルエットだけでいうなら教員らしくなかった。いや、ふつうの人間らしくもなかった。ぶかぶかの着物をはおっているようにも、極端に言えばマントを身につけているような感じだった。ああ、さっきの赤マントの話を思い出すよな。おかしすぎる言い方ってのは分かってるんだが、他に例えようがない。そのくせ、細部がさっぱり分からない。ぼうっとした、埃か塵の塊と言ったらいいものか。昔、TVが放送終了するとザーッと画面が砂みたいになったろう。砂嵐。アレを、もっとぼうっとしたモノが、人型になって目の前にいる。俺には分かった。他の奴らもだろう。こいつは、ふつうじゃあない。そこにいるべきモノじゃあない。……いや、たとえ、どこであったとしても！」

「つまり、だから、そいつは」

男は、グラスを握る手に力をこめたらしい。

「誰かが、わっと声をあげた。それが合図みたいになって——俺たちは、今度は階段を駆けおりていた。今、のぼってきた階段を逆に。いっせいに！

機材もへったくれもない。あんな恐ろしかったことは、初めてだった。

がしゃん、どさっ！

と、右で左でとんでもない音がした。

放り出された機材が階段にぶつかったのか。足を踏み外した誰かが、階段を転げおちたのか。

俺は何とか一階までたどりつき、出口をめざした。何人かは、俺の後ろについてきているようだった。一階の廊下はもう薄暗いのを通りこして——何とか前が見える程度なんだ。冷静だったらそばの窓の鍵を外して、逃げ出していただろう。けれど頭が回らない。とにかく出口へ、それだけが考えるすべてだった。なのに」

店の暖房は、それほど効いているわけではない。それなのに男の額から、汗がツーっと落ちるのが見えた。

「走っても走っても、出口にたどりつかない！　そんな馬鹿なことが、と思っても本当なんだ。校舎といってもたかが小学校だ。廊下の長さなんてしれている。複雑な箇所なんて、どこにもない。なのに、出口が見つからないんだ。

まるで、ついさっき自分たちが撮ろうとしていた『果てのない階段』そのままだ。あんた……信じるか？」

知り合いは、何も言えなかったそうだ。まあ、そうだろうな。

「時間にすれば数分だったかもしれない。パニくっていた俺には数時間くらいに感じたが。デスゲーム……って分かるか？　ネットやコミック、映画なんかじゃお馴染みだ。ようするに、命を賭けたゲーム。遊戯。

賞品があるとすれば、そいつは自分の生命だ。

しかも、たいてい、デスゲーム状況ってヤツは、否応なく——唐突に参加させられる。泣こうが、喚こうが……。

その時の自分の置かれた状況は、デスゲームそのものだったかもしれん。

命がけの、正真正銘の鬼ごっこ。

陳腐な言い方だが、後ろから鬼がやってくる。ああ、鬼が、な。比喩でも何でもない。

ふつうの子供の遊びなら。つかまっても舌打ちして終わりだ。

だが、こいつは違う。こいつは……。

そんな——鬼ごっこにも終わりが、きた。足がもつれて、ブザマに転んだんだ。痛かったが、それ以上に恐ろしかった。自分が今、置かれているわけのわからない状況。それから、あの、踊り場にいた得体のしれないもの……」

「……」

「体を投げ出して、ぜいぜい息を切らしている俺の背後に気配があった。山田か加藤か田中か……誰かは分からないが、いっしょにここまで逃げ出してきた仲間だと思った。そう思ったら」

男の喉が、

ごきゅっ

と、音をたてたそうだ。もちろん、こいつはすすった酒を飲み込んだ音なんかじゃあない。

「声が聞こえた」

「声？」

「声だ。いや――何と言ったらいいのか。耳に入ってきたんじゃないかもしれん。説明できないんだ。ガラスを尖った硬いモノで、引っ掻くような声が、俺の後ろからかすかに響いた。そうだ。こう言ったんだ。

『マダ、イツヅケタイカ』

……と」

「なんだ、それは。どういう意味だ？」

男は知り合いの問いを、さらに無視した。

「……いたんだ。俺の、すぐ背後にいたんだよ。『アレ』が。いつのまにか、忍びよっていたんだ。いやいや、ひょっとしたらあの四階の踊り場からずっと、だったのかもしれん。仲間たちといっしょに逃げていたつもりだったけれど、実はすぐそばにいたのは——？」

「……」

「いずれにせよ、倒れた俺に覆いかぶさるようにして、『アレ』は間近に来ていたんだ。息が届く距離にだ。いや、手でも指でものばして、その気になれば俺をどうとでもできる。『アレ』に手や指があれば、だが。体中の毛が逆立った。生れて初めて感じる恐怖だった。頭が真っ白になって、それでも意識を失うことができない……分かるか？」

また、男の喉が奇妙な音をたてる。

「視界がぐるぐる回っている俺に、再度あの声が降ってくる。

『マダ、イツヅケタイカ』

気を失いそうな頭で、俺は必死に考えをめぐらせた。どこかに行ってしまったらしい仲間たちのことを考えれば、背後にいるのが何であれ、命にかかわるものなのだろう。

そうして自分はおそらく絶体絶命の状況、なのだろう。

けれど、問答無用で襲いかかってこないということは——逃れる方法が残されている。そうじゃあないのか、と。この謎みたいな言葉は、そのチャンスを与えているんじゃあないか？で、なければわざわざ声をかけてくる必要などないはずだ、と。追いつめられた高校生にしては、筋道たってるだろ？　ああ、追いつめられればネズミでも猫に逆襲する。高校生なら、少しはネズミよりマシか。だから——俺は言ったんだ。出ない声を振り絞って。意味があるのかないのか、判然としないことを」

「い続けたい、とでも言ったのか？」

男は明確にうなずかなかったが、どうやらそれは肯定だったようだ。

「……そうしたら、気配はさらに近づいてきた。それでも背後を見ることはできなかった。直感が教えていたんだな。見るな。絶対に後ろを見るな。見るんじゃあ、ない。後ろを見たら、何もかもオシマイだ。とにかく、生き延びたかったら。少しでも命を長らえたいのなら、絶対に後ろだけは見るな――とね。そして……あの声が俺に命じたんだ」

「命じる？　何を？」

またしても無視。答えるかわりに男はふるえる手で、グラスの酒をすすったそうだ。今度はマトモに口に流しこむことができず、相当こぼしながら。

「翌朝。旧校舎のあちこち――離れた場所で倒れている俺たち四人を、見回りに来た用務員が発見してね。大騒ぎになったよ。俺は打ち身程度だったが、仲間の内、一人は複雑骨折で重傷だった。残りも――いや、怪我の程度なんか、どうでもいいんだが。ああ、実際、どうでもいいことさ。どうでも……」

かんじんかなめの部分を、意図的かそうでないのか『告白』部分から除かれ続けてきた知り合いは、この時点で我慢が限界に達したらしい。そりゃあ、そうだろうな。

「おい。あんた、その話は、いいかげんなホラや――つくり話のたぐいじゃあないだろうな？」

「つくり話？」

「ああ。さっきから聞いていたら、あんた、何回、こっちの問いを無視した？　自分のつくり話の矛盾点やら何やらを隠すためか。それとも、話を盛り上げるための演出か何かなのか？」

すると——男はニヤッと嗤ったそうだ。笑う、じゃあない。嗤う、だ。

「とんでもない。そんな気はもうとうないよ。それに、俺はもう、あの時、命じられたことはあらかたすませているわけだしな」

「何？　どういう意味だ。今度こそはっきり説明しろよ。もったいぶった言い方はなしにして」

「まあ……そうカッカしなさんな。説明。うん、説明か。そうだな。最初に言ったよな。ノリエという学校伝説は、マイナーで広まらず、しかも細部が全く分からない、と」

「聞いた。あんたが旧校舎で遭ったのが、とどのつまり、そのノリエだったというオチなのか？」

男は、今度はやや落ち着いて酒をする。一口だけ。

「だから、焦りなさんな。広まらないのは、こうは考えられないか。俺たちみたいなめに遭った奴らがいるとする。特定の学校の特定の校舎に忍びこむか——下校時間が過ぎても残って、探検気分か肝だめしごっこか。……とにかく決められたルールってやつを破って、結果、ひどいザマになり発見される。学校はどうするだろうな？　警察沙汰にするか？　そういう連中は在校生か卒業生、でなかったら成人の学校関係者だろう。教員、職員、出入りの業者。何にしろ悪い噂がたつのは避けられない。それ以前に管理責任が問われるのは今も昔も御同様だ。だったら――ふつう、隠ぺいするんじゃあないか？　そんなことはありませんでした。何も起こってはおりません。証拠隠滅、口裏あわせ……ありそうだろう」

「うーん」

「発見された方もまあ、似たようなコースだ。ガキはガキなりに。成人は当然。世間体が第一だ。日々の生活はもちろん、将来ってやつが、かかっている。家族や保護者等、関係者は因果を含められ、箝口令が敷かれるだろうな。生死にかかわっていれば別だろうけれど。で、結果、怪我をしていようといまいと、内々で処理されてしまう。いやいや、狭い地域だ。近所の目は別物だ。そこに住んでいられなくなり、転居も多いかもな。いや、実際、そうだったと思わないか？」

「ううむ」

「その結果、ノリエの噂は中途半端にしか広まらなくなる。何しろ、関係者が強固に口をつぐむし、隠ぺいに奔走するんだからな。だが、それだけじゃあないんだ」

「それだけじゃない？」

「ああ。山田、加藤、田中……俺の仲間たちの成り行きを見るとな。いや、俺も側で見聞きしたんじゃあないんだが」

　男の眼に、再び恐怖の色が浮かんだ――ように見えた。

「というのも、俺が遭った『アレ』に命じられたことを遂行しないで、そのままでいると――

然だ。

次から次へと何を言いだすんだろう、この男は。知り合いがそう思ったのも、これもまあ当

「消えて……なくなる？」

消えてなくなるらしいんだよ」

「それが適当な言い方かどうか、俺にもわからん。山田たちは、怪我が治っても高校には来なかった。当然、卒業祭も不参加だ。三人とも遠方に引っ越して——いや、少なくとも一人は『施設』暮らしを余儀なくされたらしい。俺の言いたいことは分かってくれるよな？　ところが、施設に入った奴はもちろん、引っ越した連中にもどうしても連絡がつかない。最初は事情を知っている俺を避けているのかと思ったが——ちがうんだ。

噂で……断片的に耳に入ってきたのは。一人は新しい土地で就職したんだが、朝、ふつうに家を出てそれっきり。どこに行ったのか、まったく分からない。なんというかな、神隠しってヤツ？

もう一人も似たようなもんでね。こいつは自宅に引きこもっていたそうだが、気づいたら部屋にいない。どこにもいない。出かけた形跡がまったく、ないのにだ。鍵も部屋の内側からかかっていたらしい。失踪、ってやつとは少し違うだろう。だが、最後はおんなじさ。奇怪ではあるけれど、犯罪臭があるでなし。警察に捜索願は出されたかもしれないが、今頃は『未処理』の書類のなかに埋もれているだろう。そんなものさ。この国では、毎年、ものすごい数の人間

が行方不明になるらしいから。もちろん、その中には訳アリもあれば、計画的なものもある。後で見つかるのも大勢いる。けどな。しかしな。こいつらは違うんだ……」

「その、施設に入ったとかいう最後の一人は？」

知り合いは、確認せずにいられなかったと。

「うん。こいつが一番、不可解ってことになるか。施設のトイレに入って――職員が個室の前で待っていたそうだ。ああいう場所では、『事故』が起こりがちだからな。そんなことになったら、職員が問責される――だろう。だから個室といっても、名ばかりのはずなんだ。それなのに、ほんのちょっと目をはなしたら――もう、そこにはいなかったらしい。悲鳴もあがらない。物音も響かない。なのに……。あくまで聞いた話だがね。え？　どうだい？　こういうのも失踪っていうのかな？　行方不明であってるのかい？」

「……いや、違うだろうな。本当にそうなら、だが」

男はうなずいた。

「そうだ。本当ならな。そして、おそらく、本当――なんだ。

俺は思うんだよ。

ノリエの噂が広まらないのは、『アレ』に遭ったやつがいなくなるのが要因の一つだ。

間違うなよ？　殺されるわけでも、祟りというやつで怪死・変死するわけでもない。

ただ――いなくなる。きれいさっぱり！　ああ。地味といってもイイくらいに。地味だが。

あんた、恐ろしいと思わないか？　ええ？　恐ろしくはないか？　なぜ、どうやっていなくなる？　消えてなくなる？　どこへ行ったというんだ？　そんなことは分からん。見当もつかん。だが、現実にそうなる。そうとしか思えない……。いなくなれば、噂を広めようもない。学校側や保護者や肉親は、こんな出来事があれば、もっと口をつぐむだろうしな。それにしても、あいつらだって、『アレ』に命じられたはずなんだ。命じられたことを果たしていれば、たぶん、消えることもなかったろう。委縮したか、常識に縛られたか、世間体か。施設に入ったやつみたいに、心が押しつぶされたか……」

「ちょっと待て。『アレ』に何を命じられたって？　それをしなかったから消されたとでもいうのか？　そもそもあんたも含めて、いったい、何を命じられたというんだ？」

「焦りなさんな」

男は冷酒の残りが、ほとんどなくなったグラスを大事そうに両手で握りながら言ったそうだ。冷酷非情とも思える目つきで。

「俺は思うんだよ。『アレ』はべつだん、あの学校の校舎にとり憑いているわけでも、なんでもない。学校に関係なんか、ない。たぶん、あの学校ができるずっとずっと前から、『あそこ』にいたんじゃないかと。『あそこ』――そうだ。特定の場ってやつに。

そもそも、ノリエというのは『アレ』の名前なんかじゃない。

強いて字をあてるとしたら、『法穢』か『祝穢』？

それとも『呪い穢』『残り穢』が変化したものか。

そういった言い方は、最近の代物じゃあないだろう。昭和？　大正？　明治？　いやいや、もっと昔だろうか。

学校はおろか、町も集落もなく。あそこが林か森か沼か——その時にはすでにいたんじゃあないのか？　そうして、やはり偶然、遭遇した者に今と同じようなことを命じていたんじゃあないのか？

なぜ？　どうして？　そんなことを考えるのも無意味なんだろう。昔の連中も訳なんか分からなかったはずだ。けれど、経験と犠牲で学習し、あの場所を——そう、忌み地として字を当てた。それが、ノリエの始まりだったんじゃあないのか？」

「……」

「『アレ』は言ってみれば地雷みたいなもんだ。

遭わなければ無害。加えて、近づいた者がみんな、災難に遭うわけでもない。

実際、長年間近にいても怪事どころか、何の気配も感じない奴が大勢いる。何も知らずに在籍している児童たちのほとんどが、まずそうだ。この俺からして、あの日までそうだった訳だしな。

それから——古参の学校関係者や地域の役所の人間の中には、ある程度事情を知っている奴もいるはずだ。口をつぐんでいるだけで。

そりゃあ、口もバリケードみたいになるだろう。正気を疑われる話だからな。わが身大事なら、吹聴するはずも、ない。

が、事情を知っていようといまいと、関係ない。無事な奴は無事でいられる。

おそらく、俺たちなんかには見当もつかない基準や条件があるんだろう。それに合致した者だけが難に遭う。そうだ。『遭難』だ。

そうやって、踏み込んで遭ってしまえば――カチリ！　もう逃れられん。そうして、意味も何も判然としないことを強いられる。拒否したり、できなければ問答無用だ。

そうだとも。

『マダ、イツヅケタイカ？』

と、『アレ』は言った。消えずに、この世にい続けるためには命じられたことをし続けなければ。それが唯一の、とりあえず生きてゆく方法じゃあないのか。

都市伝説。流布した『呪い系』か。その多くには呪いの逃れかたやオハライ、おまじない？　なにかしら逃げ道があるもんだ。ふりかかる禍から逃れる方法ってヤツが。

『カシマさん』だったかな。カは仮面のカ、シは死人のシ。マは悪魔のマ……。そんな言葉の羅列を唱えれば、助かるとかなんとか――あったろう？

けれどさ。

ノリエにはないんだ。

あの『遭難』には、救助のしようがない。リセットの方法は、ないんだよ……うふっ」

男の憑かれたような目つきと語り口には、『鬼気』のようなものが確かにあったらしい。

この男はひょっとしたら、正真正銘、精神を病んでいるのかも。知り合いはそうも思ったそうだ。

ノリエというのも、男が変調をきたした頭のなかだけにあるストーリーかも、と。

しかし、これは……？

「いや、長話につきあわせたな。うまい――とはいえないが、酒もおごってもらって悪かった。礼を言うよ。本当に」

男はすっと、席から立ち上がった。店内はそれなりに混んでいた。さえない男が一人、立ちあがっても、気にとめる奴なんて誰もいやしない。金を払う役は、まだ残ってそこにいるわけだし。

「おい。あんた。その話――本当なんだろうな？」

「好きなように解釈すればいいさ」

力のない歩き方で出ていこうとする男の手を、知り合いは無意識のうちにつかんでいた。

「解釈もなにも――あんた、一番大事な部分を最後まで話していないじゃあないか。いったいぜんたい、『アレ』はあんたに何を命じたというんだ」

例の嗤いが、また男の顔に広がったそうだ。

「ああ、そうだ。そうだったな。それはなあ。こう言ったんだよ」

男はいきなり陰々とした声で。しかしうたうようにして諳んじたらしい。

「『コノママイツヅケタイノナラ、オマエガミタコト、キイタコト。デキルダケ、タクサンノタニンヘハナセ。ハナシツヅケレバ、ヨブンニ、イツヅケラレル……』とね。そこまで聞いて、俺は気が遠くなったんだが」

「な、何？」

「命を当面、助ける条件は。つまり、だから、『アレ』の伝道師、いや使徒になれ――って、ところかな。何度も言うが、隠ぺい体質、ことなかれ指向の学校側や肉親じゃあ、噂は広まらない。けれど『アレ』はどうやら、『獲物』が必要らしい。誘きよせたいらしい。これも何度も言うが、そのことに何の意味があるか分からん。知りたくもないがね。そうだ。どうやら『アレ』は、自由に動きまわれないようだ。土地に縛られているのか、別に理由があるものか……。だから――命じるんだろうな。

それでまあ、俺は時々、こういった店に来るのさ。酔漢というのは、どんなバカバカしい話でも聞いたりするものさ。もっとも、今夜はあんたのような物好きがいて、本当に助かったよ。

これで俺はまた、何十日か何か月か、心の平穏ってやつを得られる。まだ、『消えずに、い続けることが出来る』という平穏を。

その後はまた、耐え難くなるんだけれどね。

こいつは業苦だよ。もう、何十年かな。一定間隔であの話を、他人に話し続けなければという、脅迫観念か。そいつに襲われ続けて。

『アレ』の使徒役がどれだけいるのか見当もつかないが、こいつは……地獄だぜ。ああ、そうだ。地獄なんだよ」

「……」

「さっき俺は、『鬼ごっこに終わりが来た』とか何とか言ったが――訂正しなくちゃな。この『鬼ごっこ』には、実は終わりなんてないのさ。ああ、そうとも。この、特別あつらえのデスゲームにゲームオーバーはないんだ。

助かった！　と仮に思っても一時に過ぎない。

そいつは誰にも解らないだろうし、解ったときには――ハハッ！　手遅れなんだ。何もかもが、な」

「……」

「ああ、それから、つけたしておくよ。この話を聞いた奴の何割かは、例の場所に行きたくて――確かめてみたくて、どうにもならなくなるみたいだ。それもまあ。『アレ』の手管ってことなんだろうけれどさ。ふん。忘れるなよ？　○○区の××小学校だ。ネットで検索すれば、すぐにたどり着く。もっとも、とっくにあの場所には新校舎が建ってるが――行けば分かる。ああ、イヤでも分かるんだ。魅入られた奴には、な。異形の条件ってやつに合致した奴なら、な。

そう、あの忌み地は。他に言いようなんか、ありゃしないんだ。

ノリエは——『アレ』は、幽霊なんかじゃない。心霊現象なんかじゃあ、ない。名状しがたい何か。土地の障り。本来、一木一草も持ち帰ってはならない、禁忌の場所そのもの。そうして意図して不特定多数の、好奇心をふくれあがらせる一方で。好奇心に負けた馬鹿なやつを待ち受けている。俺も——その一人さ。あの日から、色んなものを失っちまったよ。こうやって、この世にしがみつく意味があるのかと、自分でも思うくらいに」

初めて、その顔に憐憫に似た表情が浮かんで——消えた。知り合いには、そう見えた。本当にそれが憐憫なら？　何に、いや誰に対しての憐憫だったんだろうな。

「……忘れるなよ？」

そう言うと、今度こそ男は店を出ていった。

人ではなくて、幽鬼か何かのように、すーっと。

知り合いは、とっくに、つかんでいた手をはなしていた……。

哄ッ！

店内の喧騒が、いきなり塊になって耳に飛び込んできたそうだ。

まるで——まるでそれまで、フィルターか何かで遮られていたみたいに。

どう思う、この話？　マイナーな都市伝説モドキにしても、ちょっととって感じかい。戯言だと思うかい？　ん？　その知り合いか。そうだな、おれにこの話を打ち明けたのが、一カ月ほど前だったかな？　その時の様子がどうにもおかしかったよ。人間がすっかり変わっちまったというか。で、ここしばらく連絡がとれないのさ。家族らしい家族がいない奴なんだが——アパートの大家に聞いても、要領を得ない。ふらっと出かけてそのまんま。帰ってこないとさ。

部屋のドアは鍵もかけずに開いたまま。生活のわりに片づけられた部屋のなかも、べつだん異常なんかない。当の主がどこかに行っちまって……携帯もＬＩＮＥも、ウンともスンとも、っていうのを別にすればさ。

何かあったのかって？　分からんね。

あったかもしれないし、そうじゃあないかもしれん。

案外、あいつ、飲み屋でめぐりあった男の話の裏をとるために、行ったのかもしれないな。

それとも男が言うように、条件に合致してしまって——強迫観念みたいなものに負けたのか？

ふん！　○○区の××小学校——か。

そうして、そこで遭ったのかもしれないな……何かに。

いやいや、おれは信じてるわけじゃあないさ。その、ノリエってのを。

しかしまあ、興味があるっていうのなら、好きにしたらいい。ここから先は自己責任ってやつ？　最近はとりわけ強調されるよな。この単語。自己責任。

心霊スポット。自殺の名所。悲惨な事故・大火災現場。いわくの場所。

色々あるが頼まれもしないのに好奇心で出かけて、乗り込んで、騒ぎまくって。大勢にひんしゅくやら何やら買って!

結果、その場や帰途で事故に遭うやつは遭うし。最悪、命を落とす奴がいる一方で、さ。

地元に迷惑をかけるだけかけて、のうのうとしてる馬鹿も大勢いる。ああ、大勢な!

どんな基準で、『誰に区別』されるのか、見当もつかないが。

まあ、しかし、おれなら御免をこうむりたいね。

好奇心は猫をも殺すっていうだろう。

もちろん——猫以外のものも射程内。

そう、思わないか。

……思わないかい。ええ、あんた?

カチッ!

カン・ケン・カン

三塚章

私が小学生の時、不思議なお呪(まじな)いが流行ったことがあった。

まず、校庭の隅に「カン・ケン・カン」と唱えながら、右足で星印（六芒星、という名前は後で知った）を三回描く。そうしたら、「お願いします」と言って左足でその跡を消す。そのあと、公園の花壇の奥に塚があるのでそれを蹴る。そうすると異世界に行けるというのだ。

その日の放課後、私は校庭の隅にいた。夏休みも近いころで、血のように赤い夕日が沈みかけている時間だったが、辺りはまだまだ明るかった。休日だったのか、たまたま部活が休みだったのか忘れたが、運動部の姿も無かったのを覚えている。

私がそのお呪いをしようとしようと思ったのは、前日母にひどく怒られたからだ。どこかに消えてしまいたいような、やぶれかぶれな気持ちは誰にだって経験があるだろう。それに、このお呪いに純粋な興味もあった。

私は、右の爪先で六芒星を描き始めた。

「カン・ケン・カン・カン・ケン・カン」

意味不明な呪文が、なんだかひどく不気味な物に思えた。

片足でしばらく立つのなんて大したことではないはずなのに、胸がやたらとドキドキした。

足を動かすうち、近くに砂をこすったような足跡があるのに気付いた。

誰か、私の前にこのお呪いをした人がいる。

もしかして、明日学校に行ったら誰かがいなくなっているのだろうか。ひょっとしたらその誰かの記憶ごと皆忘れていて、いなくなったこと自体気づかないのかも。

怖いような、楽しいような、、楽しみなような、不思議な気持ちだった。

「カン・ケン・カン、お願いします」

少しいびつな星を左足でこすって消す。

これで、第一段階は終了。


遊具の影が長く伸びる公園についたとき、六時を知らせるチャイムが鳴った。

(早く家に帰らないと)

いつもの通りそう思って、私は少し笑った。別の世界に行こうというのに、帰りの心配なんてしてる。

塚は、花壇の奥、植え込みの中にあるらしい。私は出来るかぎり花を傷つけないように注意しながら、花壇の奥へと進んだ。

植え込みの所まできて、困ってしまった。塚が見つからない。

「あーちゃん?」

あだ名を呼ばれ、振り返る。

当時の私と同じくらいの年令の子がそばに立っていた。けれど、赤い赤い逆光のせいで、顔が影に塗りつぶされて見えない。

「あーちゃんも、ほかの世界に行きたかったの？」

その声で、前に立っている子が友達のきいちゃんだと気がついた。

彼女が私の足元をのぞきこむ。その拍子に、今度はちゃんときいちゃんの顔が見えた。

それにしても、『あーちゃんも』ということは、さっきの私の物ではない跡をつけたのはきいちゃんなのだろうか？

「あーちゃんはすごいね、もう塚を踏んだんだ」

何もしていないのにそんなことを言われ、私は驚いて下を見た。

セミの脱け殻の横に、たしかに土の盛り上がりがあった。ちょうど、小さな子猫かうさぎか、小動物の大きめの墓、といったような。

その真ん中辺りに、はっきりと自分の物らしい、新しい足跡がついている。そういえば、さっき確かに何かふくらみに足を引っ掛けたような感触があった。

ぞくっとして、私は少し震えた。手に、暑さのものとは違ういやな汗が浮かぶ。だとしたら、私はお呪いをやりとげたことになる。実はもう、ここは異世界なのでは。目の前にいるきいちゃんは、本当に私の知っているきいちゃんなのだろうか？

けれど塚がこんなに小さなものだったとは。何というか、さすがに卑弥呼時代の墓とまでいかなくても、もう少し分かりやすい物を想像していた。だから、自分の蹴った物が塚だと分からなかったのだ。

「え？　塚ってこれなの。まさかこんなに小さかったなんて」

私が言うと、なぜかあわてたようなきいちゃんの声が降ってきた。

「え？　気づかないでやったの？　それじゃあ、チュウトハンパなお呪いにしかならないよ。もう一度やり直しなよ」

塚から目を上げると、周りはもう暗くなっていて、きいちゃんの顔がほとんど見えなくなっていた。墨絵のように、きいちゃんのシルエットが見えるだけ。さっきまで夕日がまぶしいくらいだったのに。

「ねえ、やり直しなよ」

再びきいちゃんに言われ、もう一度塚を見下ろす。セミの脱け殻が、風で生きているように震えた。

できない。やり直しなんてできない。きっと取り返しのつかないことになる。

でも、ここで私が嫌と言ったら、きいちゃんはすごく怒るだろう。なぜか私にはそれが分かった。

「う、うん、そうだね。でもその前にトイレ」

何も本当に行きたかったわけではない。とにかくこの場から離れたかった。

私は、闇の中、光が漏れる公衆トイレへと走った。あとから、きいちゃんのついてくる気配がする。

むっとする熱気のせいで、余計に臭いを感じる公衆トイレに入り、個室に駆け込み、カギかける。

「あーちゃん、ここで待ってるね」

戸の前からきいちゃんが声をかける。

(どうしよう、どうしよう。どうやって逃げよう)

手洗い場の、蛇口の一つがゆるんでいるのだろう。水滴の落ちる音が聞こえる。恐怖を紛らわすため、その音を数える。

ピチョン。ピチョン。ピチョン。

三滴目を数えたすぐ後、急にノックされた。

「ねえ、まだ？　早く！」

ノックにかき消され、水の音はもう聞こえない。

「ねえ、早くしなよ、ねえ、ねえ！」

ドンドンとノックされるたびに戸が揺れる。

「ねえ、ねえ、ねえ、ねえ、ねえ！」

叫びすぎているのか、きいちゃんの声は「ねえ」を繰り返すたび声がしわがれていく。

「ねえ、ねえ、ねえ！」

両手を使ったとしても、一人の人間がこれだけの速さと強さで戸を連打できるのかと思うほど、ノックは激しくなった。

本当に、外にいるのはきいちゃんなの？　本当に、きいちゃん一人しかいないの？

「ちょ、ちょっと、ちょっと待って……」

怖くなって、私はポケットから携帯を取り出した。

震える手で、何度かミスしながら、何とか自宅の短縮番号にかける。

ドアが揺れる中、呼び出しの音が聞こえてくる。そして相手先に繋がったプッという小さなノイズ。

そしてその瞬間——ノックが止んだ。

『はい？』

携帯のむこうから、母の声が聞こえてくる。

そして、手洗い場のピチョンという音。

私は、何があったのか説明もできず、ただ「怖い」と泣き出してしまった。

何か、ただならぬ物を感じたのだろう。母は「どこにいるの？」と聞いてきた。「○○公園」と告げる。

「迎えに行くから、そこで待っていなさい」

　母が迎えに来たとき、きいちゃんはどこにもいなかったという。

　家に着いて、何があったか聞かれた私は、とっさに男の人に追い掛けられ、トイレに逃げ込んだと嘘をついた。別の世界に行こうとした、なんて言ったら、また母に心配をかけてしまうと思ったからだ。

　次の日、きいちゃんは普段どおりに学校に来た。昨日のことをこっちから話す勇気はなかったし、きいちゃんも何も言わなかった。いつもと変わらない様子で、他愛のないことを話かけてきただけだ。私は内心怖くて怖くて、適当な返事を返していたら、「もういい！」とほかの友達の所に行ってしまった。


　それからすぐに夏休みになって、きいちゃんと顔を合わせずにすんだのは嬉しかった。

　夏休みが終わったころにはきいちゃんへの恐怖はだいぶ薄まっていた。けれどやはりどこか残っていて、相手もそれを感じ取っていたかも知れない。そのうち、なんとなく一緒に遊んだり、話をしたりしなくなってしまった。

　今でも夏になると思いだす。戸の向こうで、「ねえ、ねえ」と呼び掛けていたのは、本当にきいちゃんだったのだろうか……？

怪電話

閼伽井尻

【怪電話にご注意ください】

学校で配布されたプリントをYさんはいまでも覚えている。

Yさんが小学生のころというから、ざっと二、三十年は前になる。当時小学生の子がいる家庭を狙った【怪電話】がさかんにかかってきたという。

携帯電話が普及する前のことで、電話というとたいていの家庭では固定電話を指し、ナンバーディスプレイ機能を備えた電話機すら珍しかった。つまり電話とは、誰からかかってきたかわからないものを、在宅の誰かが受けるものだった。多くはその家庭の主婦が受けたが、親の手伝いとして子どもが電話に出ることももちろんあったし、むしろ子どもたちのコミュニケーションの道具（遊びの誘いや雑談など）にもさかんに利用され、ある程度の年齢になると電話のマナーを躾けられたものだった。

【怪電話】は子どもにだけかかってくる。

正確には子ども以外の、つまり大人の声がすると、無言のまま切れてしまう。あるいは間違い電話を装ったり、どう考えても断られるであろう杜撰なセールスをでっちあげたりして、適当に相手に切らせてしまう。当時は間違いもセールスもとにかく多かったので、大人は日常のこととして不審にも思わず、あれこそが【怪電話】だったのだと、いまでも知らない者がほとんどだろう。【怪電話】は大人には届かないものだった。

平日の夕方や休日の昼間など。丁寧な物言いの男性（女性の場合もある）から電話がかかってくる。

【怪電話】は子どもにだけ語りかける。

クラスの連絡網を見せてほしい。

学校の名簿を持ってきてほしい。

たいてい、このようなことを言ってくる。

なかには子どもに人気のテレビ番組関係者を名乗り、「テレビに出ませんか？」あるいは、「テレビに出れそうな子はお友だちにいる？　いたら連絡先を教えてほしい」というようなケースもあったらしい。

Yさん自身、「クラスの××さんからYさんのことを推薦してもらった」という電話を受けたことがあるそうだ。

「地球とか自然とか理科がすきなんだよね？　今度子ども向けの科学クイズ大会をするんだけど、出場者を探しているんだ」

警戒心からYさんは即座に断ったが、電話の相手はかなり食い下がってきた。かたくなに拒否すると、かわりに別の子を紹介してほしいと言ってきた。さらに「クイズ大会はいつもいつにどこそこで開催するから、来られるようだったら来てほしい」と、最後まで諦めていない様子だった。

結局別の子を紹介したのかYさんに訊くと、覚えていないという。

これは想像だが、おそらくYさんは別の子を差し出したと思う。意識してか無意識かはわからないが、Yさんが嫌いな子を。

自身を推薦してきた人物についてYさんは、

「なぜあの子が自分を紹介したのかいまでもわからない。全然仲良くなかったどころか、気が合わないというか、むしろ自分は苦手というかちょっと嫌いだった」

と評した。つまり、そういうことだろう。

共通しているのは、「いついつにどこどこへ来い」と言って、子どもらを誘い出していること。誘い文句はこう続く。

「来てくれたらファミコン（またはスーファミ）のソフト、あげるよ」

当時の小学生なら誰もが興じた人気ゲーム機のソフトをやろうという。Yさんも大人になったいまなら明らかな釣りだとわかるが、小学生には抗いがたい魅力があったのだと言う。

【怪電話】はじわじわとクラス内で、やがて学校中で話題になった。

隣のクラスのだれそれが学年全員分の名簿を持っていった、同じクラスのだれそれの兄貴が兄弟全員分のクラス連絡網を持っていった等々。

そしておそらくその名簿や連絡網を用いて、次々に【怪電話】が各家庭にかかってきた。学校側は何度も【怪電話にご注意ください】というプリントを配布し警戒を促した。日々の朝夕の二回のホームルームだけでなく、臨時の全体集会や学級会、さらに道徳の授業時間を使って、子どもらに危険性を説いた。おそらく名簿を売買する業者のよる仕業だということだったが、Yさん含め子どもたちにはいまひとつピンとこなかった。

ただ【怪電話】の誘いに乗ってしまった子らは教員だけでなく調子付いた周囲の子どもらからも激しく非難糾弾され、それを見てはじめて「まずいことなんだな」と実感したのだという。彼らは見せしめの役割さえ果たしたのだ。

彼らはスーファミのソフト、貰ったのでしょうか。

素朴な疑問を口にすると、Yさんは、「貰ってない。……らしい」と言った。非難糾弾された子らは一様に貰っていないと主張したそうだ。貰っていない上にこんな吊るし上げにあって散々だとも言って泣いていた。

Yさんも、行ったのですか？

言葉の端にちょっとした綻びを見つけたので訊いてみる。

ばれたか、という表情してYさんは語り出した。

当時すでに中学生になっていた姉の卒業アルバムを差し出したそうだ。電話を受けたのはYさんが学校から帰ってきた夕方から、部活をしている姉や共働きだった両親が帰宅するまでの間だったという。【怪電話】を受けたのはこれが初めてではなかったし、すでに学校でもすでに問題になっていたから、落ち着いて断ってしまおう、とは思ったという。

しかし、中学生になってますますヒステリックに、理不尽に振る舞う姉の態度に辟易していたというYさんは、姉を懲らしめるつもりで誘いに応じた。指定されたのは、日曜日の午後四時、通っている小学校の校門前だった。姉への復讐心と、【怪電話】の正体と対峙するという怖いもの見たさで、興奮気味に向かった。

もし周囲や学校にバレたら……とは思いませんでしたか。

「思わなかった。……いや、多少は思ったけど自分のクラスとか学年の情報じゃなくて姉の学年のだったから、周りは許してくれるかなと思ったのかな。いま思うとそういうことじゃねえ、ってかんじだけど」


指定時間に少し遅れて行くと、校門には誰も居なかった。

拍子抜けしていると、校門を入ってすぐ横の校庭の端に火の手が上がっていることに気付いた。しかし火事ではない。焚火のようだ。数人がほがらかな雰囲気で焚火を囲んでいる。なんとなく目を奪われていると、焚火のそばにいる一際背の高い人影が「Yさん?」と呼びかけてきた。頷くと、手招きをする。

校門の扉は閉まってはいたが、施錠されていなかった。

焚火にするする近寄ると、集まっているのは子どもらが五、六人と、Yさんを手招きした大人の男性一人だった。子どもらの顔には見覚えがあった。学年はばらばらだが皆同じ小学校に通う面々だろう。焚火を前にはしゃいだ様子で、すでに打ち解けているようだった。

場を仕切っているのはどう見てもYさんを手招きした大人の男性だった。

当時は小父さんだと思ったが、あるいは二十歳そこその学生くらいだったかもしれない。男は「よく来てくれたね」と愛想良くYさんから姉の卒業アルバムを受け取った。男の声は電話口の声と同じような、ちがうような、曖昧なかんじだったという。むしろそれが印象的だったと。電話をかけるのと、現場に出向くのは、別担当の仕事なのかもしれないと、いまなら考えが及ぶが、当時のYさんは【怪電話】の正体を暴く気概でここに来ているものだから、攪乱されたような、煙に巻かれたような気分になった。

「もうすぐ焼き芋が出来上がるよ」

男がYさんに言った。

Yさんはぽかんとしたが、先に来ていた子どもたちは歓声をあげた。どうやら彼らは焼き芋の準備を男と一緒にしたらしい。その場にいた五年生の男子が教えてくれた。四時ぴったりに校門に集合した彼らを、男は焚火とともに迎えたそうだ。Yさんと同じように校庭から声をかけて手招きした。五年生男子の話によると、その段階で集まったうち数人が帰ってしまったらしい。

「焼き芋は絶品だった。黄金色で、ホクホクしてて。焚火もキャンプファイアみたいに薪を組んだ立派なやつで、皆で周りをぐるぐる回ったりして、おもしろかったなー」

Yさんは目を細めて懐古した。いままで季節については忘れたと思っていたけれど、焼き芋が美味しかったし、焚火も心地良かったし、あれは秋から冬にかけての出来事だったろうと補足までしてくれた。

焼き芋を食べてすっかり満足したYさんは、スーファミのソフトのことなどケロッと忘れて帰宅したという。一番後に来て一番先に帰るのかと男にからかわれたことを覚えている。他の子どもたちはその後もしばらく遊んでいたようだ。週明けに校庭の端に残っていただろう焚火の跡が問題になったかどうか、もはやYさんは覚えていない。

というより、Yさんは、その小学校での出来事を以降何も覚えていないという。

なぜかというと、まもなくYさんの両親は離婚し、姉とは別々に引き取られたうえ、どちらもばたばたと遠方に転居したのだそうだ。ゆえに当時の記憶は慌ただしさに掻き乱されてすっかり覚えていないらしい。

姉が卒業アルバムのことに気付いたかどうかも知らないそうだ。もしアルバムが無いことに気付いたとしても、その時期のどさくさに紛れて失くしてしまったと姉自身は思っているだろう、と。

Yさんに礼を述べ、他に当時の【怪電話】について、知っている人はいないかと訊いてみる。するも意外なことに、焚火を囲んでいた五年生の男子とはその後学校でも仲良くするようになり、Yさんの転居後つながりは途絶えたものの、近年SNSで久方ぶりの再会を果たしたというのだ。Yさんにその人物への紹介ととりなしをお願いする。Yさんは承諾してくれ、すんなりとSNS上でのやりとりがはじまる。

Yさんは本当に知らないか、もしくは知っていても忘れているのだろう。あの【怪電話】の焚火の後、私の妹が行方知れずになったことを。

両親はいつか妹が帰ってくると信じて、未だに実家の固定電話を残し当時と同じ番号を使っている。用件のある電話はほとんど携帯電話にかかってくるが、時折固定電話が鳴ることがあるという。

ほとんどが愚にもつかないセールスか宗教の勧誘だが、一度だけ電話口から女児の声がしたという。それを両親は妹と信じて疑わない。

そのとき、すでに行方知れずになってから十年以上経っていたが、あの頃と変わらぬ幼い妹の声だったという。涙を滲ませる両親に私は強く反発した。妹は、必ずどこかで生きていると信じている。そんな幽霊じみたことに救いを感じてほしくない。


と、スマホに非通知着信が入った。

先ほど駅前の喫茶店で別れたばかりのYさんからだった。

訝しげな声で「あのあと自分に電話をかけたか」と訊いてくる。かけていない、と言うと、「やっぱりそうですよねー」と露骨に安堵した様子だ。

「全然声が違ったし。でも〝かいでんわ〟って言うから、さっきの話の続きかとも思って。でもやっぱり単なる子どものイタズラかな……」


ひとりで早々と納得してしまうと、Yさんはブツリと通話を切ってしまった。

すぐにまた非通知着信が入る。

何か言い忘れたことでもあったのか。Yさんのせっかちさに苦笑しつつ、液晶に指を滑らせると、だしぬけに女児の声がした。

まぎれもなく、妹の声だった。


「かいでんわに、ごちゅういください」

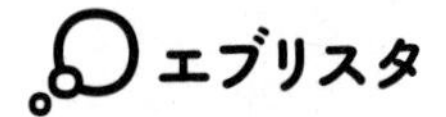

国内最大級の小説投稿サイト。
小説を書きたい人と読みたい人が出会うプラットフォームとして、これまでに200万点以上の作品を配信する。
大手出版社との協業による文学賞開催など、ジャンルを問わず多くの新人作家発掘・プロデュースを行っている。
http://estar.jp

街角怪談

2018年 3月29日　初版第1刷発行
2019年 12月25日　初版第2刷発行

編者　　エブリスタ

カバー　橋元浩明（sowhat.Inc）
発行人　後藤明信
発行所　株式会社　竹書房
〒102-0072　東京都千代田区飯田橋2-7-3
電話 03-3264-1576（代表）
電話 03-3234-6208（編集）
http://www.takeshobo.co.jp
印刷所　中央精版印刷株式会社

定価はカバーに表示しています。
落丁・乱丁本は当社までお問い合わせ下さい。

ISBN978-4-8019-1407-0 C0176